致敬成长经典书系
ZHIJING CHENGZHANG JINGDIAN SHUXI

风铃

FENGLING

安武林 著

山西出版传媒集团 山西教育出版社

图书在版编目（CIP）数据

风铃 / 安武林著. — 太原 ：山西教育出版社，2024.5

ISBN 978-7-5703-3781-1

Ⅰ. ①风… Ⅱ. ①安… Ⅲ. ①散文集—中国—当代 Ⅳ. ①I267

中国国家版本馆 CIP 数据核字（2024）第 062977 号

风 铃

FENGLING

出版策划	陈彦玲 李梦燕	复 审	陈旭伟
编辑统筹	许亚星	终 审	李梦燕
责任编辑	霍 彪	装帧设计	陈 晓
助理编辑	毋 楠	印装监制	蔡 洁

出版发行 山西出版传媒集团·山西教育出版社
（太原市水西门街馒头巷 7 号 电话：0351-4729801 邮编：030002）
印 装 山西基因包装印刷科技股份有限公司

开 本 890 mm×1240 mm 1/32
印 张 5.875
字 数 90 千字
版 次 2024 年 5 月第 1 版 2024 年 5 月山西第 1 次印刷
书 号 ISBN 978-7-5703-3781-1
定 价 35.00 元

阅读与写作

阅读，是人一生的需要，也是一生的陪伴。而阅读兴趣和阅读习惯的培养，是很重要的。

俗话说，一个良好的习惯会使人终身受益。其实，阅读是一个吸收的过程，犹如摄取食物一样，各种营养都不可少。各种各样的书，品质各异，但都有自己的独特之处，或者供人娱乐，或者给予人知识，或者提供人生经验，或者开拓人的想象，或者励志……若能找到自己喜欢和需要的东西，便是最好的。但有时候，自己喜欢的和需要的是矛盾的，犹如药一样，良药苦口，治病的药不一定都是甜的。

阅读和写作是左手和右手的关系，密不可分。阅读是写作的基础，写作是阅读的升华。

多读，可以学习别人的写作经验、写作技巧和写作方法，学习别人怎样开头、怎样结尾，还可以学习我们经历过的事情，别人是如何写的，这些都会对我们的写作有直接帮助。

多写，更为重要。写作，必须要过语言这一关。多写，便是练基本功，锻炼我们的语言表达能力。练基本功没有捷径可走，只有下苦功多写。语言不过关，基本功不扎实，所有的技巧和方法都是无用的。

多观察非常重要。积累素材，捕捉灵感，都是通过观察得以实现的。所以，我们要做生活的有心人。通过细致的观察，我们的描写才能逼真，才能传神。

安武林

目录

灰 小 白

一

“咯吱咯吱咯吱。”

夜晚，全家人刚刚进入梦乡。

妹妹突然用惊恐而又颤抖的声音说：“哥，哥，老鼠老鼠！”

我揉着眼睛，睡眼惺忪，很不耐烦地说：“瞎叫什么！”

妹妹克制着，用低低的声音在我耳边说：“老鼠，有老鼠！”

老鼠？

我一下子清醒了，侧着耳朵听，但我一点儿也听不见。

妹妹耳朵尖，简直就像小说里的千里耳，哪怕一根针掉在地上，也会被她敏锐的耳朵捕捉到。

妹妹刚想推我的两个弟弟，被我低声呵斥住了。

我用威严的声音说："一只老鼠，又不是狼，你打算把全家人都叫醒啊！"

我披好衣服，抄起手电筒，悄悄地溜下了炕头。妹妹像一只猫一样，也悄无声息地跟了上来。

我溜进了另一个房间，哦，是窑洞。原来是三间，一间是我们住的，一间是客厅或者叫餐厅，另一个房间把炕拆了，做成了储藏室，家里的米面缸、盛粮食的大瓮，一个挨一个，像大肚子弥勒佛一样，威风凛凛地竖立在那里。

我用手电一处一处照着，在缸和瓮的缝隙间照着。

妹妹指着两个大瓮之间说："声音就是从这里传出来的！"

我猫下腰，蹲下，趴下，脸颊贴着地面，仔细搜索着。突然，我发现贴着墙根的地方，有不少堆积起来的浮土。哎呀，这是老鼠打洞挖出来的新土。

我气呼呼地出了一口粗气，不小心把地面上的浮尘吹起来了。呸呸呸，我的眼睛、嘴巴，似乎都进了浮尘。倒霉，真倒霉！连个老鼠毛都没见着，我愤愤不平。本来想做个英雄的，捉上一两只老鼠，让我爷爷看看，免得他不屑的眼睛、嘴巴老在我眼前晃动，鼻子还重重地“哼”一声。那意思是他的一句名言：一代不如一代！

我和妹妹蹑手蹑脚爬上炕，各自钻回了自己的被窝。爷爷本来是仰面朝天睡着的，这时，他翻了一个身，改成侧面睡了。我听见他的鼻子“哼”了一声。

哎呀，爷爷也醒了，我们一无所获，似乎都在他的意料之中，这让我很沮丧。在很多时候，我越想证明自己，其结果越是事与愿违。迷迷糊糊中，我进入了梦乡。

这一段时间，家里非常不安宁，都是老鼠折腾的。储藏室里光线很暗，阴影重重，阳光根本照射不进来。看来老鼠是很聪明的动物，选择在这个地方安营扎寨，的确非常明智。我们家也很奇怪，耳朵灵敏的全是女同志，奶奶、母亲、妹妹，老鼠一有响动，她们的耳朵像雷达一样马上就捕捉到了。

所以，一到吃饭的时候，她们都喜欢在饭桌上喋喋不休地谈论老鼠的事情。老鼠是不是在磨牙呀？声音瘆得慌呀！是不是在偷吃粮食呀？还津津乐道地做各种猜测。爷爷厉声训斥："吃饭的时候不要谈老鼠好不好？吃完了你们再说！"爷爷是这个家里的绝对权威，他的一声怒吼，饭桌上关于老鼠的话题从此就消失了。

爷爷买了几只老鼠夹子，挂上食饵，然后放在墙根的几个老鼠洞前。老鼠夹子很简易，一块木板、一根弹簧，用铁丝撑起来。如果老鼠吞噬食饵的话，就会触动铁丝，吧嗒一声，老鼠就会被夹住，就像个坚硬的弓弦一样。我竟然掰不开老鼠夹子的机关，我尝试了几下，面红耳赤地放下了。我知道，如果霸王硬上弓的话，很危险的，稍一松懈，我的手就会被老鼠夹子夹住。太尴尬了。

爷爷的大手，轻轻一拉，就把老鼠夹子撑开了。哎哎哎，力气、力量，那不是想有就有的！

有一天中午，我们正在吃饭，储藏室突然传来凄厉的尖叫声："吱吱吱！"

妹妹惊叫道："妈呀，夹住老鼠了！"

我们全家人都放下了碗筷，尤其是我们几个孩子，"呼啦"一下全都跑到了储藏室。紧张、兴奋、恐惧，都瞪大了眼睛。但是，都束手无策，只是围观。

老鼠夹子果然夹住了一只老鼠，一只硕大的老鼠。铁丝的卡子，正好卡在老鼠身子的中间，就像一根绳子紧紧地捆在老鼠的身上一样，老鼠的腰身深深地凹了进去。老鼠尖叫着，脑袋摇晃着，身子想挣脱卡子，但无济于事。这卡子太强大了，就像一块巨石压在老鼠的身上，让老鼠动弹不得！

爷爷拎着一根很粗的铁棍，照着老鼠的脑袋猛敲了几下。

啊！我们几个孩子都吓得倒吸一口冷气，奶奶和母亲也哆嗦了一下。

爷爷拎着老鼠夹子，把老鼠扔进了茅坑里。他若无其事地回来，洗洗手，继续吃饭。

我们的心剧烈地跳动着。虽然我们知道如果爷爷不砸死老鼠的话，一松开夹子，老鼠就会溜掉，但爷爷的暴力和血腥，实在让我们心悸。爷爷是个刚烈的汉子，年轻时候遭遇过狼，而且在粗壮的胳膊肘那里，有一道深深的伤疤，那是日本鬼子用刺刀刺穿了爷爷的胳膊留下的印记。

接下来的日子，清净了好多天。后来，老鼠夹子还夹住过一只老鼠，很可惜，被老鼠逃脱了。夹子上，只留下半截老鼠尾巴。

半月之后，老鼠夹子已经形同虚设了。狡猾的老鼠、聪明的老鼠，再也不上当了，它们再也不动老鼠夹子上的食饵了。它们知道，那是一个死亡陷阱。

以后的日子，便是老鼠们狂欢的日子。我们的苦恼，倒成了它们肆无忌惮的理由，似乎，它们成心在和我们作对。

二

“咣当”一声，我推开了家里的大门。

“喵呜”，我吓了一跳，因为我刚推开门的时候，用脚踢住了一个小小的东西。因为家里鼠患成灾，我还以为踢住了一只老鼠。

我惊魂未定，喘了好几口气，稳定心神，才看见一个小小的家伙，哀怨似的盯着我，看了几眼，匆匆忙忙地溜走了。

哎呀，是一只猫。我看清了。一只灰褐色的猫，那么小，小得像一只大老鼠一样。瘦小、幼小，一道道黑色的花纹，像瘦骨嶙峋的肋骨一样。嘴巴、尾巴尖、爪子，却是白色的，一点点，不仔细看，还以为是灰猫沾上了白粉。

小猫直接奔妹妹去了，依偎在妹妹脚边，困惑似的盯着我。

妹妹说：“哎呀，哥，你踢到小猫啦！”妹妹弯着腰，摸了摸小猫的脑袋，小猫又跑开了。它又躲在母亲、奶奶的身边了。它一步一步地退缩着，似乎有点怕我。

我不耐烦地说：“哪儿来的野猫，怎么跑到家里来了？”

妹妹说：“是舅爷爷送来的！”

哦，舅爷爷，舅爷爷一家人在遥远的大山里，离我们小镇还有几十里远呢！今天是集日，他们下山赶集来了。

我始终不明白我们家的亲戚关系，太复杂了。舅爷爷是我奶奶的亲人，现在变成了我母亲的娘家人。因为我的母亲是遗腹子，奶奶带着我母亲嫁给了我爷爷。我的姥姥对我奶奶说：“孩子太可怜了，没有亲戚，以后把这里当作娘家吧，这样，孩子们就有亲戚了。”这样一来，我就搞不懂我们家复杂的亲戚关系了。我有两个舅舅，一个比我大，我总喊他舅舅，没有什么不舒服的，天经地义。但舅舅的弟弟，比我的弟弟还小，论辈分我也得管他叫舅舅，我很不认同，也从来没有叫过他舅舅，都是直呼其名的。这种事情，大人不好强求。尽管我的爷爷奶奶纠正过我好几次，可我从不改口，他们只好作罢。

不知怎么的，我看见这只小猫，就想起了那个比我还小的舅舅。

舅爷爷知道我们家鼠患成灾，他们家的猫正好生了一窝小猫，就给我们带来了一只。很有趣的是，奶奶、母亲、妹妹，对小猫不可思议地喜爱。而我们家的男同志，倒没有特别的表示，有猫和没猫一个样，生活没有什么变化。

小猫太小了，小得让人发笑。它走路还摇摇晃晃的，好像随时都会跌倒。这样的小猫，怎么可能逮老鼠呢？只要不被老鼠吃掉，我就觉得是老天爷的眷顾了。

猫似乎比老鼠更聪明一些，它能区分什么人喜欢它，什么人讨厌它、厌恶它。它就像是奶奶、母亲和妹妹养的宠物一样，只围着她们三个人打转转。对我们家的任何男性，都是远远地望着、警觉着，生怕我们做出什么粗鲁和无礼的举动，以至伤害了它。

可能是女性更有一种怜悯或者说哀怜弱者、爱恋弱小动物的天性吧，三代女性对小猫百般呵护，照顾得无微不至。小猫的日常生活都由她们照料。

睡觉，它不是躺在奶奶的身边，就是躺在母亲和妹妹的身边。喂食，主要靠奶奶和母亲，她们就像喂养婴儿一样那么上心，她们怕食物坚硬，自己亲自放在嘴里嚼过之后，才喂给小猫。真不能理解，她们哪儿来的耐心和爱心呢？

不过，我还是乐意给我家的小猫起个名字的。毕竟它已经是我们的家庭成员啦，我得给它取个名字。姓灰，叫小白。

我叫它灰小白，是我心底里的秘密，家里的人都不知道，而我几乎没有叫过它灰小白。

有那么一天，天气特别地好，好得让你都不好意思撒个谎什么的。一切都亮堂堂的，就连我皮肤上平常都看不见的血管，此刻都像小青虫一样在我的胳膊上爬行。

灰小白不知道从哪儿抓住了一只老鼠的幼崽，叼在嘴中，炫耀似的在我们每个人的面前都站一站、停一停、看一看，仰着头，似乎在说："看见了吗？这是我抓的！"

我不得不说，灰小白真通人性。它像个将军，不，像个小勇士，或者英雄。它把自己的战利品亮给我们看，试图向我们证明它的存在价值。

此时，我改变了以前对它的厌恶感，转而变成欣赏，也可以说我几乎都有点敬佩它了。这种细微的变化，它察觉到了，从它在我身边迈着自信而又坚定的步伐中，我知道它察觉到了。

三

爱是一种奇怪的东西。

在奶奶、母亲、妹妹的精心照料下，灰小白一天一天地长大了，一天一天地长得更壮实了。它完全成了一只成年的猫。它绒毛上的白色，面积在扩大、颜色在加深。

当它站在我面前的时候，我都有点惊讶，尤其是它冲着我“喵呜”一声的时候，我都有点小小的害怕情绪了。咧开的嘴巴、撑开的胡须以及那一道道花纹，简直像个小老虎一样！也难怪，它是猫科的动物，与老虎同属一科，还是亲戚哩！

自从灰小白长大以后，家里的老鼠基本绝迹了，大家都可以安安稳稳地睡觉了。也许，它的血缘来自山里的妈妈吧。小镇的环境，尤其是我们的小院，已经无法满足它奔跑和抓捕老鼠的需要了。有时候，它会悄无声息地溜出去。当我们着急地寻找它的时候，它又悄悄地回来了。好像有心灵感应一样。

夜晚的时候，它会爬到窗台上，警觉地注视着窗外。它蹲着，尾巴轻轻地摇晃着，似乎在对我们说：“睡吧，睡吧！”它像守护神一样，守护着我们的夜晚，守护着我们的梦。

有一天，它给了我们一个大大的惊喜。不知道它从哪里逮了一只鸽子，它已经把鸽子咬死了。我们的小镇，没有人养鸽子的，这应该是一只野鸽子。

灰小白叼着鸽子，大摇大摆地来到我奶奶的跟前，把鸽子往地上一丢，然后抬头望着我奶奶。似乎在说：“给大家改善一下生活吧！”

那个时候，是很困难的岁月。我们家人口众多，粮食都紧张，吃肉就像天上掉馅饼一样。那是一种梦里才有的奢侈。

奶奶赶紧把鸽子抱在怀里，用手摸了摸灰小白的脑袋。这是无声的表扬、无声的奖励，灰小白懂得。灰小白低下头，眼睛往四周看了看，很不好意思似的跑开了。

我们吃鸽子肉、喝鸽子汤，兴高采烈、眉开眼笑，简直像过年一样。

每个人都轮换着抱了抱灰小白，亲昵地抚摸它、亲它。

灰小白不再拘谨，不再警惕，它温顺地享受着我们的爱抚。哎哟，要多温柔就有多温柔。它眯缝着眼睛，想在我们每个人的怀抱里美美地睡上一觉。

在我们家马路的另一边，住着马大婶一家人。她来到我们家，抱怨地说："哎呀，老鼠真祸害人呀。糟蹋粮食不说，害得我们都无法睡觉。"

当她看见灰小白时，眼睛一亮，兴奋地说："你们家没有老鼠折腾吧？"

母亲说："没有，全靠我们家灰灰啦！"母亲管我们家的猫叫灰灰。

马大婶说："能不能借我几天呀？"

母亲舍不得，但又没法拒绝。她故作大方地说："没事没事，你带走吧！如果猫饿了，你抱回来，我喂养它！"

马大婶笑着说："哎呀，别心疼啦，我保证喂养得好好的！"

母亲把灰小白抱在怀里，交给了马大婶。灰小白仰着脑袋，伸着脖子，困惑地看了看母亲。它不明白什么意思，母亲又爱抚地拍拍它的头，它这才蜷作一团，静静地躺在马大婶的胳膊里。

灰小白被马大婶借走了，全家立刻感觉到缺少了一点什么，尤其是奶奶、母亲、妹妹，她们沉默寡言，心事重重，就连笑，也那么不自然，那么牵强。

夜晚的时候，我迷迷瞪瞪睡着了。也不知睡了多久，我突然感觉到被角有个什么东西，沉甸甸地压在被子上面。我用手摸了一下，哦，是灰小白，毛茸茸的皮毛怪舒服的。第二天早晨，我高兴地说："我梦见灰小白了！"妹妹"嘎嘎嘎"笑了，乐不可支。她说："什么梦呀，明明就是灰灰嘛！"自从我对灰小白产生好感以后，我就把灰小白的名字告诉了妹妹，但妹妹像母亲一样，也喜欢把灰小白叫灰灰。我有点纳闷，灰小白不是被马大婶借走了吗？好家伙，晚上又悄悄地溜回来了。第二天早晨，又悄悄地去了马大婶家。天哪，我终于相信了童话，猫是有灵性的动物。

这几天，灰小白都是起早贪黑，来来去去。没有惊扰我们任何人。

过了几天，马大婶又来了。她进我家门后，东张西望，我母亲感到很纳闷。

母亲说："哎呀，你家的老鼠消灭得怎么样？"

马大婶说："干净啦，干净啦，你家的猫神啦！真是一个好猫啊！"

马大婶这么说的时候，显得心不在焉，声音里有点发虚。而母亲，则充满期待地注视着马大婶。

小小的沉默。

马大婶说："哎呀，我，我不知道猫跑哪里去了！"

母亲杏眼圆睁，惊愕得下巴都快掉了。在一瞬间，母亲的眼睛又眯成了一条缝，充满笑意。

母亲说："瞧，在你身后呢！"

"啊，天哪，吓死我啦！"马大婶伸出两只手，拍了一下腿。

可不是嘛，灰小白像个凯旋的勇士一样，就地转了一个圈，似乎在表示它圆满地完成了灭鼠的任务。

四

谁也没有想到，厄运和灾难总是在猝不及防的时刻突然降临。

有一天，灰小白踉踉跄跄地回到家里，在母亲的脚边一站，望了一眼母亲，悲戚地"喵呜"了一声，就倒在地上了，口吐白沫，身子抽搐了几下，断气了。

母亲凄厉地、用着哭腔大声喊道：“快来呀，看看灰灰怎么了！”

全家人都慌作一团，不知道发生了什么事，都跑到院子来了。

奶奶、母亲、妹妹，全都号啕大哭开了。

爷爷黑着脸，青筋暴跳，大声训斥：“号什么丧，家里死人了吗?!”

她们三个人一哭，惊动了左邻右舍，人们都涌了进来。男人看了一眼，基本都走了，知道是我们家的猫死了。只有女人留下来，劝慰我奶奶、母亲和妹妹。

“哎呀，别哭啦，一只猫，犯不上。咱再养一只！”

“好可怜的猫！”

大家都可以确定，我们家的猫是吃了死老鼠，老鼠是吃了老鼠药的。等于是我们家的猫被老鼠药害死了。

奶奶和母亲，大声骂开了下老鼠药的人。

爷爷很生气，他大声斥责道：“太不像话了，人家给老鼠下药怎么了，是咱家的猫不小心，怪人家做什么！”

爷爷拎着灰小白，拿着铁锹就出门了。他要去地里把灰小白埋掉。

我母亲快哭晕过去了。

奶奶和妹妹远远地跟着爷爷。奶奶是小脚，一小步一小步地挪着走。妹妹一边搀扶着奶奶，一边抹眼泪。

爷爷把灰小白埋了，给它挖了一个小小的坟。奶奶和妹妹坐在灰小白的坟前，长一声，短一声，哭得死去活来。

爷爷铁青着脸，一言不发，背着铁锹回家了。

我恰好不在家，当我回来的时候，发现奶奶、母亲、妹妹的眼睛都哭肿了。

我躲在院子的外面，找了一个角落，也悄悄地流了不少眼泪。

夜已经很深很深，月光无声无息地洒进窗户。那圆圆的月亮，好像一颗硕大的泪珠。

我相信，没有一个人能睡着。

我听见爷爷在咳嗽、在呻吟，似乎隐忍着巨大的痛苦。我知道，爷爷只有特别难受的时候才这样。

我的两只手轻轻地抚摸着被子，感觉中，我又摸到了灰小白毛茸茸的皮毛，轻轻地，一次，又一次……

兰草，兰草

一

兰草委屈地咬着手指，眼泪“吧嗒吧嗒”地往书里面掉。高秋的同桌王汉慢慢地侧过身，朝她这边瞅过来。

王汉对高秋说：“她一定听到你说的话了，你瞧，她哭了！”

坏小子高秋装聋作哑，仍摇晃着身子说个不停，每个字都针扎般地让兰草难受：“我和她？别生拉硬扯，要扯，也把咱和高水准一点的女同学扯一块儿。”王汉接着说：“那是，那是，咱们班谁不畏惧你三分呀！”

高秋得意扬扬地说：“好名声，坏名声，占住一头就有名声。不像有的人，默默无闻，丢了，恐怕也没人知道。”

王汉伏在高秋的耳朵旁，嘀咕了一会儿。然后，他俩故意大笑。高秋说：“兰草？怕是一根‘烂草’吧！”王汉刺耳地笑起来，第二次回望兰草。兰草把书竖立在桌上，头低下去，大颗大颗的眼泪掉了下来。

在兰草看来，全班同学似乎从没有注意过她。有一次，她在上课时阅读小说，就连最细心的黄老师摇头晃脑地朗读课文，从她的身边绕了过去，也没有瞥上一眼。当时的兰草心里难受到了极点。

她微不足道的名字，如她平平淡淡的长相一样，毫不引人注意。她从不敢奢望能被同学议论。但是，今天，她亲耳听到豪爽结实的高秋向王汉提及她的名字，尽管声音压得很低，但仍然浩浩荡荡地传进了兰草的耳朵里。当时教室里人很少，很安静。兰草屏住了呼吸。

但她怎么也没有料到这场议论以她受到伤害而告终。

她捏紧书本，控制住想和高秋大吵一场的冲动。

——我不笨，我不笨，我能得到自己想得到的一切。不管采取什么手段，只要能改变这一切，哪怕一小会儿，我也敢冒这个险！

兰草慢慢地冷静下来。陡然间，一个主意闪电般地出现在心头！

二

第二天下午，教室里闷热异常。同学们都到校园花圃旁的大树下去了。李霞正准备离开教室，突然发现兰草在悄悄地哭泣。“你怎么啦？”李霞走过去问。兰草不抬头，只是略微提高了一点抽泣的声音。

李霞挨着兰草坐了下来，说：“别哭别哭，有事儿不妨说给我听听。”兰草呆了一会儿，突然“呜”地大放悲声，扑在李霞的怀里。

“一个坏人……”兰草终于吐出几个字，哭得更伤心了。

“什么坏人？谁？他在哪里？你告诉我……”李霞一声接一声地问，急得脸都白了。兰草只是埋着头，越哭越伤心，什么都不说。

李霞咬着嘴皮想了片刻，对兰草说：“你等等，我马上就来。”

李霞风风火火地冲出教室，她要去找男生丁大明。

望着李霞远去的背影，兰草停止了哭泣，嘴角泛出一丝难以察觉的微笑。她甚至愉快地竖起一根指头，朝窗外的一只麻雀“嘘”了一声。望着飞走的麻雀，她调皮地扮了个鬼脸，又赶紧朝四下里望望……

丁大明和李霞匆匆走进教室，兰草脸上的泪痕未干。她悲哀地坐在那里，似乎哭得已经筋疲力尽。“兰草，坏人欺负你啦?”丁大明捋起袖子关切地问。兰草小声哭泣。

“告诉我，坏人把你怎么啦?”

兰草哭了一阵，突然大声说：“坏人一直在跟踪、威胁我。”

说完，兰草又低下头哭泣。她蜷缩着，怕冷似的，一遍又一遍反复念叨：“我怕，我好害怕。”除此之外，兰草不涉及半点具体内容。

丁大明沉吟片刻，说：“今天下午放学咱俩送她回家，其他事明天再说!”李霞想了想，说：“好吧，先这样定。”兰草连声说：“谢谢了。”

放学后，丁大明和李霞一左一右送兰草回家。

但一路平安无事。到兰草家的时候，丁大明说：“这事没完，明天我再找坏小子高秋商量一下，找一个彻底解决这事的方法。”

三

听丁大明说完，高秋一拍桌子叫起来：“什么?！光天化日之下，竟然有这样的事情，谁敢欺负我们班同学，我给他好看！”在班里，谁都知道高秋说一不二，乐于助人。就是脾气太暴躁。

这时候李霞正搂着兰草的肩头，小声安慰她。李霞每时每刻都守着兰草，就连上厕所也陪着她去。

兰草遭遇坏人的消息，在全班同学中沸沸扬扬地传开来。那些昨天连正眼也不会瞧一下兰草的、学习成绩特别优秀的女同学们，一夜间全变了，都找各种各样的理由来和兰草聊聊天，实在没有什么可聊的，也都要去兰草的座位上坐坐。这些女同学这时才发现平时很少跟兰草说话，现在想说，却真的不知说什么好。嘴皮子巧的女同学则把话题远远地扯开，专拣轻巧有趣的小事儿说，生怕伤着兰草。

毋庸置疑，兰草成了班里男生和女生们关注的核心人物。

兰草尽可能不说话只是按同学们的提问，点头或摇头。

四

高秋、丁大明、王汉、李霞，众星捧月似的护送兰草回家。

一路上，高秋警惕的目光四处巡视。他悄声对兰草说："若是撞上那家伙，你赶紧指给我看。"高秋又说："一旦坏蛋出现，谁负责抱腿谁负责按头，千万不要乱。"

兰草和李霞拉着手走在前面，三个男生和她们保持着一段恰到好处的距离。李霞问兰草："那个坏蛋是不是突然就出现，又突然消失？"兰草点了点头。立刻，她感觉李霞的手冰凉，接着变得湿漉漉的。

快到兰草家楼下时，仍同上次一样，目标没有出现。王汉发牢骚说："白忙啊！"高秋皱皱眉说："这样不行，咱们得改变一下方式！"

第二天大清早，兰草就起床了。外面下起了倾盆大雨。兰草拿起雨具急忙下楼。她还没有走出小巷，突然觉得有人贴着墙角向她移过来。

"妈呀！"兰草惊恐地叫起来。"嘘！是我们。兰草，你别怕。”

高秋、丁大明、王汉浑身湿透站在她的面前，他们都没有带雨具。高秋说：“兰草，你在前面走，我们跟着你。”兰草张张嘴，想说什么，终于没有说出来。她低着头，朝前面走去了。望着地上溅起的水泡泡，她走得很慢很慢。小巷里，很静很静。拐出小巷走上了宽敞的柏油马路，马路上渐渐喧闹起来。他们三个男生扇形排开，好像不相识。不过，他们的眼神不时碰撞、搜索。

走进教室，高秋打了一个响亮的喷嚏，丁大明和王汉也几乎在同一时刻遥相呼应了一声，教室空无一人。王汉说：“咳，又是一无所获。”

高秋拍拍胸脯说：“瞧这块头、这体形，能不把人家吓住吗？人长得太高、太魁梧看来也容易把事情搞砸；接着干，定要将那家伙抓获！”

同学们三三两两走进教室，李霞看见高秋、丁大明、王汉三人衣服全都湿透，正想询问，被高秋的手势止住了。李霞向兰草走去。

上课的时候，兰草手中的课本滑落下来好多次。她觉得手软绵绵的，没有一点力气。兰草很想哭。她在心里喃喃地说："这个游戏该结束了。"

可是，她不知道该怎样来结束。因为一切太出乎她的意料了。

纸　鹤

一

下午放学的时候，米兰说："可儿，你别等我了。"我说："我等着。"她说："你等不着的。"我还想询问或是听她解释，她却匆匆离去，根本不给我机会。

这可是破天荒的事儿，我感到很纳闷。米兰和我是形影不离的好朋友，她从来没有对我隐瞒过什么。

我尝试着说服自己，兴许她是有什么急事，事后她会告诉我真相的。可是，我发现我很愚蠢，再见到米兰，她一下子就像换了个人似的。我抱怨她说："嗨！昨天我一个人回家，好失落哟。"那种感觉的确不太好受。她打个哈哈，说：“你看我的发式漂亮不？”我说：“漂亮如何不漂亮又如何？”我努力了几次都没把话题引到昨天下午放学的事上去。米兰一抬前额说：“哎哟，我把天大的事都给忘了！”真该死，她竟然有天大的事瞒着我。

米兰在敷衍我，在搪塞我。我的自尊心受到了伤害。望着她远去的背影，我愤愤地想：“哼，有什么了不起的！”我那不过是一时赌气的想法而已。很快，我发现自己陷入一种莫名的惊慌情绪中去了，米兰已经一个月没和我相伴回家了。

天哪，究竟是怎么回事？

二

米兰和我玩起了捉迷藏的游戏，我想找她谈谈，可是没聊几句，她又借故匆匆走开了。非常可怕，她在逃避我吗？或者是厌恶我？我没有做错什么呀。但是有一点可以肯定，她在疏远我。我本来是个性格开朗的女孩，自从心里有了这一档子事后便沉默寡言了。每次回到家，我都觉得好累好累。妈妈问我：“怎么，你生病了吗？”我说：“没有！”妈妈不相信，又要伸手摸我的额头，我不知哪儿来的火气，一下子就挡开了。我生气地说：“我没病！”妈妈说：“啊哟哟，人小脾气还挺大的。”

我本想质问米兰，当面问个明白，但后来我又改变了主意。我想：“在我没抓着把柄之前，米兰肯定不会对我讲实话，她反而会认为我是小肚鸡肠、捕风捉影。这样的话，我们之间的友谊就走到尽头了。”

我调整了自己的情绪，表面上又恢复了原来的状态。实际上，我开始暗暗跟踪她啦。我被一个念头驱使着：她究竟在干什么？这一切太反常了。

有一次，她刚离开座位，我就跟了上去。谁知，她七绕八拐的，竟被我盯丢了。

我站在校园花圃的门口，正在生闷气，突然，我听见一排花树后面传来米兰熟悉的笑声。我悄悄拨开花枝，天哪！米兰正和一个高年级的男生聊天呢。他们站得那么近，谈得那么投机，以至于察觉不到还有另一个人在偷偷观察他们。

我被吓坏了，米兰谈恋爱了？

三

我宁可认为是自己的眼花了，也不愿接受自己所看到的那一幕。但现实告诉我，这是千真万确的。

那个男生找过米兰好几次，他是个酷酷的、帅帅的男生，很容易让女孩子着迷的男生。我终于明白了，米兰之所以疏远我，是因为她又有了一个新朋友。刹那间，我都有点气急败坏了。我想：“这不是米兰的错，一定是那个可恶的男生在勾引她。”

现在，我一定要把米兰夺回来。米兰误入歧途了，她会后悔的。

那一天，米兰和那个男生在散步，我毫不客气地拦住他们。我冷冷地说：“米兰，我有事找你。”

那个男生问：“这位是谁呀？”

米兰不情愿地说：“我的同学，可儿。”

我很生气，米兰是我的好朋友，她竟用这种轻描淡写的语气介绍我。

我根本不看那个男生一眼，觉得他很恶心。我盯着米兰的眼睛说：“米兰，我有点事儿找你帮忙。”我几乎是求她了。

米兰说："啊，我们还忙着呢，回头再说吧！"

米兰和那个男生转身走了，看着他们那种亲密的样子我是心如刀绞。好啊，分开他们一小会儿都不可能。

四

我知道米兰头脑发昏了，一时半会儿听不进规劝，但我能袖手旁观或坐视不理吗？既然我这个做朋友的意识到了这种危险，我就不能听之任之。看来事情比我预料的还要危险，还要严重。米兰和那个男生处上朋友之后，开始注意自己的形象了。比如，她的着装打扮：浓艳的嘴唇、迷你的短裙、古怪的发式。这一切都是为了那个该死的男生。

有一天，我和那个男生在校园里不期而遇。他彬彬有礼地向我打招呼。这套把戏我在小说和电视里见得多了，这是一个精心设计的圈套。

"能和你聊聊吗？如果你肯赏脸的话。"他自以为自己很有魅力，这次，他是大错特错了。

我毫不留情地说："我只和同龄人聊天。你知道，我们班里优秀的男生有的是。我为什么要和你聊天呢?”

他好尴尬，简直不知道该说什么好了。

我相信，他的口袋里一定还有纸条什么的。要是我能搞到证据的话，我一定会让米兰看看，这个虚伪的家伙。

那个男生悻悻地走了。我相信他没有勇气把这一切告诉米兰，我也是的。我知道米兰一定会小心的，她的小心思我还能不清楚吗?

五

一个星期日，我去米兰家。

可巧，米兰不在家。

李阿姨惊讶地说：“她不是一大早找你去了吗?”

我惊慌不安地说：“噢，可能我们跑岔了。”

李阿姨很精明，她马上就意识到女儿对她撒了谎，但她不动声色。

李阿姨笑着说：“坐，可儿，你好久没来我们家啦。来，喝杯茶。”

我坐在沙发上，捧着热气腾腾的茶杯，但心跳得厉害。天哪，米兰又跟那个男生约会去了。这一次，你可让我逮着了。“可儿，喝点水吧。”李阿姨喊我好几声，才把我从梦中惊醒。她坐在我的对面，突然问道：“可儿，米兰是不是有男朋友了？”

我说：“没有，没有，绝对没有！”

李阿姨说：“可儿，你别隐瞒我。你不是她的好朋友吗？你告诉我真相，这等于是在帮她；否则，就是在害她。”李阿姨的话像一把双刃剑，让我无所适从。我被逼在了一个死角。

啊，我快要发疯了。

我用带着哭腔的声音说：“是的。”

但我没有料到，第二天一大早，米兰就在教室里对班里的同学嚷嚷开了。她尖着嗓子说：“咱们班里出了一个间谍，你们可要当心哪，当心有人坏你们的好事！”

米兰用眼睛瞟了我一眼，许多目光跟着也来了。所有的人都不明真相啊。

我们最恨的，就是那种向老师打小报告、告黑状的人。

好大的一口黑锅哟！

我摊开书本，埋下头。幸好，上课的铃声响了。

接下来，我的整个生活全乱了套。

我和米兰彻底决裂了，她和那个男生也分手了，她在心里对我恨之入骨。我们偶尔相逢，她总是高傲地歪过头去，然后在地上吐一口唾沫。

我的学习成绩直线下降，从前几名一下子跌到三十几名，而且还有下降的可能。世界上再也没有让我产生兴趣的东西了。我憔悴，眼圈儿也黑黑的。妈妈领我去了好几趟医院，也检查不出什么毛病，大夫只开了一些开胃的药。

过去我和米兰好得像一个人似的，现在我们却成了陌生人。一个天上，一个地下，连我都没搞明白这一切是怎么发生的。我觉得内疚，认为这种局面是我一手造成的。如果我再坚持一会儿，如果我不告诉李阿姨，结果会是另外一种样子。哪怕我们保持若即若离的关系，那也是好的。

王老师让我去她办公室一趟，我还没走出教室，就见许多同学在窃窃私语。

“嗨，不知谁又该倒霉了。”

“不对，这一次是发奖状的。”

他们阴阳怪气的议论及笑声，犹如冰冷的雨点落在我身上。好冷啊！

王老师说：“说说看，你们究竟怎么回事？”

沉默，沉默，可怕的沉默。

王老师说："你们平常好得像一个人似的，这会儿怎么都不讲话了？"

王老师把目光转向了米兰："米兰，你先说。"

米兰把头一拧说："我没什么，你问她吧。"

我说："没，没，没什么。"声音小得连我都听不见。

王老师让米兰先走，留下我不得不说了。我不敢面对米兰仇视的目光，不敢聆听她与别人开心的大笑。她是故意的。

在她生日那天，我把自己关在屋子里，叠了整整一天的纸鹤。她说过，生日那天希望能收到我的纸鹤，那是她最珍贵的礼物。

可惜，我永远没有机会亲手送给她了。我多么希望她能原谅我。

我是米果儿

一

“我是米果儿，我怕谁！”

米果儿斜着眼睛，满不在乎地说。

“我是米果儿，我怕谁！”是米果儿的口头禅。米果儿背诵口头禅的时候，总是一副不可一世、盛气凌人的架势。

用文莲的心有余悸的话来说就是，天是老大，米果儿是老二。

那天，刚下了体育课。

高二班的李刚不知是有意还是无意，狠狠地踩了一下米果儿的脚，然后扬长而去，并哼着流行歌曲。

李刚比米果儿足足高半头，块儿大，肌肉发达，李刚是棵搞体育的好苗子，校方将来准备保送他上体育学院。李刚狠狠踩了米果儿一脚之后，走了几步，他又停下来，装作看树上的一只麻雀啁啾。

米果儿气急败坏地喊："喂，你没长眼睛吗？"

李刚抱着双臂，慢悠悠转过身说："你和谁说话哩？"

米果儿说："你踩了我的脚！"

李刚说："笑话，踩了你的脚，我怎么没有一点感觉。"

米果儿说："你应该向我道歉！"

李刚说："我还没学过道歉呢，你教教我吧。"

米果儿脸涨红了："好小子，你是个什么玩意儿！"

李刚"呼"地冲了过来，说："你骂谁，你骂谁，小子，我早就瞅你不顺眼了。"

李刚向米果儿拳脚相加。

米果儿坦然地敞开胸怀，然后学着电影中的英雄好汉，右手使劲儿拍着胸脯说："小子，有种，往这儿来！"

米果儿的傲然和倔强，使李刚的拳头和巴掌变得更疯狂了。

"米果儿嘴巴流血了。"围观的人群中有人说。

李刚一怔。

围观的人很多，可是没有人劝架。李刚和米果儿是一对校霸，名声不太好，他们俩人谁占上风谁占下风，都没有关系。大家都像观看香港警匪片中的黑帮火拼一样，兴致勃勃。

那时，文莲夹杂在围观的人群中间。

米果儿一扭身子，呸了一口，吐出一口血水，又冲着李刚嚷嚷："哥们儿，来吧，今天我要是喊叫一个'疼'字，我就不叫米果儿。别心慈手软，咱能挺得住。"

米果儿向前跨了一步。

李刚愣在那儿，手足无措。他咬着嘴唇，对峙了一会儿，才一字一顿地说："小子，我开了眼了，有种。我还有课，以后咱们再算账。"

米果儿乐呵呵地说："随时奉陪，打一声招呼啊。"

李刚走了，围观的同学一一散去。

米果儿回头看见了文莲，他用袖子揩去下巴上的鲜血，大声说："我是米果儿，我怕谁！"

米果儿鼻青脸肿，可他像个凯旋的将军一样喜上眉梢。米果儿晃着膀子来到文莲的面前，动动嘴唇想说什么，但又没挤出声。米果儿一跺脚就走了。

米果儿走了，文莲呆呆地想：“米果儿想说什么呢？”

二

米果儿——

这小子坏透了，班里的女同学一见他就躲得远远的。

米果儿拦住女同学，就会嬉皮笑脸地说：“姐们儿，咱们聊聊吧。”

知道米果儿的人，会明白米果儿在使坏；不明白的，便会对那位女同学产生误解，以为她是米果儿的女朋友呢。

女同学惧他，怕她，躲他，恨他。

米果儿大大咧咧的，很开心，他喜欢搞恶作剧。

比如说，某个女同学刚打开书包，就会“哇呀”一声怪叫，把全班同学吓一跳。她的书包里有一条绿色的毛毛虫，正摇头晃脑地向她爬来。待男同学把毛毛虫丢掉之后，她便伏在桌子上低声抽泣。

这样的事情层出不穷，女同学几乎被他吓唬了个遍。班主任是个文静的北京女孩，她恼羞成怒地责问是谁干的，没有一个人搭腔。大伙儿全明白，班主任也明白，是米果儿干的，但是，没有证据呀。

要说米果儿坏，米果儿又不那么坏。你若是举出一两个例子，保准会哑然失笑，那不过是一个淘气、顽皮、爱搞恶作剧的男孩子的好动症的具体表现罢了。

米果儿和雪莹是同桌。米果儿用尺子量了一个界线，并用小刀做了一个不太明显的标记。米果儿对雪莹说："以河为界，咱们井水不犯河水。否则，后果自负。"

雪莹是班里的尖子生，她上课听讲的时候就忘了同桌米果儿和那条不太明显的界河。听着听着，胳膊不知不觉就移过了界河。米果儿手里捏着一枚大头针，正乐滋滋地等着呢。

"哎哟！"雪莹惊叫一声。

她的胳膊被大头针扎了一下，疼痛钻心。

"哗"，全班同学的目光一齐投向雪莹。

老师问："雪莹，你怎么啦？"

雪莹难为情地说："没，没，没什么。"

第六次遭遇袭击之后，雪莹带着父亲来找班主任了。

雪莹的父亲说："雪莹，不好跟父亲说，就跟老师讲吧！是不是你的同桌欺负你。"

雪莹把头埋得很低，她小声说："我想调个座位，我的视力不好。"

班主任说："好吧。"

雪莹坐的是第二排，再往哪儿调呢？班主任思前想后，决定把米果儿调一调，一切的根源全在米果儿的身上。

班主任的目光掠过全班同学的面孔，颇感犯难。她心里明白，谁都不愿意和米果儿同桌，谁和米果儿同桌谁就是牺牲品。突然，敏感的班主任想起一件事儿。全班的女同学或多或少都被米果儿吓唬过，独独文莲一人不声不响，似乎没有遭受过惊扰。这里面肯定有名堂。

班主任说："米果儿，你坐到第五排米莉的位置上，你们俩把位置调换一下。"

这就是说，米果儿要和文莲坐同桌。

米果儿铁青着脸，抱着书包挨着文莲坐下。文莲盯了米果儿一眼，她以为米果儿会向她点点头打个招呼什么的。谁知，米果儿腰板儿坐得挺直，根本没有一点儿表示的意思。

文莲把铅笔捏在手中，转呀转个不停。

三

那一天，天空下着毛毛细雨。

文莲想起了一首很久以前的歌曲，叫《幸福不是毛毛雨》。毛毛雨如雾如丝，落在脸颊上怪舒服的。文莲决定不带雨具了，这雨轻轻飘飘的，看样子下不大。

放学的前夕，文莲又有点懊悔。

天空好像有成千上万个漏斗，大雨“哗哗哗”地往下直泼。

文莲看看窗外，又揉揉手帕。

“哎，真倒霉。”文莲小声自怨自艾。

米果儿收拾他的书包，像有啥着急事儿似的，慌慌张张，一溜小跑走了。

咦，米果儿把伞忘了。

那是一把鲜艳如火的雨伞，它把文莲烧得心里暖洋洋的。

——不如我先用用，明天再还他，反正米果儿用不着了，可一会儿他要是返回来找伞怎么办？文莲决定等一等，如果等不着米果儿，她自己再用不迟。

天渐渐昏暗下来，文莲撑着米果儿的伞回家了。

第二天，文莲早早来到学校，她想谢谢米果儿。

谁知，米果儿比她来得更早，奇事！

米果儿抢先一步，堵住了文莲的话头：“咦，我昨天怎么忘了拿伞？”

文莲正想说话，米果儿背着双手大摇大摆走出了教室。

“不可思议！”文莲咬着下唇想。

自从和米果儿坐同桌后，米果儿很少和文莲说话，也从不和文莲正眼对视。文莲心里酸溜溜的，暗想：“米果儿，你有什么了不起的。”

文莲又一想，米果儿举止有点反常，他可不是这个样子啊。米果儿的脸皮比墙壁还厚，米果儿分明在躲避我嘛。

米果儿调整座位后，不出风头，不搞恶作剧了。相反，米果儿竭力在隐蔽自己，收缩自己。

平安无事，同学们皆大欢喜。

有的女同学说：“我是米果儿，我怕谁！喂，你们看出来了没有，米果儿怕文莲哩。”

文莲听见，心里“怦怦”跳得厉害。一种莫名其妙的感觉萦绕于周身。从此，文莲开始想方设法接近和观察米果儿了。

文莲想："我有什么值得米果儿害怕的，米果儿怕过谁呢?"

那天下午，米果儿和文莲值日打扫教室。

米果儿拿着一把笤帚，文莲端来一盆水。

文莲说："我们一块儿值日啊。"

米果儿说："真啰唆，叫你回去你就回去，别在这儿碍手碍脚的。"

文莲说："米果儿，我没有妨碍你。"

米果儿拿出了平日那种"我是米果儿，我怕谁"的派头，冲着文莲大喝一声："走!"

文莲真有点害怕，她不能忘记米果儿和李刚干仗的那一幕。

"哼，真不识好歹，谁稀罕和你一块儿值日。"文莲愤愤地回家了。

回家之后，文莲有点后悔。我的话太重了，会不会伤了米果儿的自尊。文莲左思右想，一夜竟没睡踏实。

文莲想向米果儿解释一下，她不是故意的。米果儿不给她机会，除上课之外，文莲看不见米果儿的影子。

四

一连几日，米果儿的眉宇间有一股沮丧之气在弥漫。

米果儿偶尔望望窗外，文莲不由自主地也把目光投向窗外。

“那儿有什么呢？”文莲想。

五

文莲是个胆怯的女孩，班里的男女同学会一致选她为“最最胆小的女孩”。

文莲上夜自习，需要穿过一条幽暗的小巷。那条小巷的路灯明明灭灭，后来一片黑暗了，没有人来修理。

文莲骑着自行车穿过那条小巷，总是拼命往前蹬。有一次，她骑得太猛太快，前车轮撞在几块横在路面上的砖头上，她连人带车一块儿跌倒了。文莲摸起掉在地上的眼镜，飞快地上了自行车。回到家里，文莲发现镜片全掉了，仅有一副眼镜框。文莲又气又恼，最后又笑了：“天哪，我这是自己吓唬自己。”

那天晚自习后，文莲蹬着自行车，发现后面有一个人不紧不慢地跟着她。她快，那人快；她慢，那人慢。隐约中，她觉得那人是米果儿。文莲朝后面喊了一声："米果儿。"那人没有回答。"兴许我错了。不会呀，他是我的同桌，我怎么能搞错呢。既然你不愿意回答，你在后面跟着好了。"

文莲拐进小巷时，那人很快跟了上来。

文莲光想着后面的米果儿了，冷不防从两边蹿出两人，把文莲的车子扯住，一个人把文莲从车上抱了下来。

文莲朝后面喊："米果儿，米果儿，快来救我！"

文莲看得清清楚楚的，那人丢下车子，飞快向路边闪去。

米果儿，米果儿，胆小鬼，见死不救，狗熊。文莲骂不出声，两个歹徒把她的嘴紧紧捂住。

突然，那个人箭一般蹿过来，对着两个歹徒大喊："松开，看看老子是谁！"

是米果儿，米果儿高举着一块砖头。

刚才，米果儿寻找砖头去了。

一个歹徒说："小东西，再喊我收拾你。"

米果儿大声说："你打听打听，我米果儿怕过谁。我老爸是米老虎，你们听说过没有？”

另一个歹徒松开文莲，招呼同伴说：“走，别惹这小子。”

两个歹徒一溜烟跑了。

文莲惊魂已定，她吃惊地问米果儿：“你爹是米老虎，你是米老虎的儿子？”

米老虎罪大恶极，最近被枪毙了。市里的电视台和报纸都报道了这条大快人心的消息。

米果儿像泄了气的皮球一样，耷拉着脑袋说：“别提这个名字，为什么要提他呢？”

米果儿喃喃着，泪水潸然而下。

六

过了一个冬天，文莲突然一下长大了，成熟了。她理解了米果儿，很多事情都像一串珠子一样被串了起来。

米果儿说：“我爹的事儿，同学们不知道？”

文莲说：“要不是你亲口说出来，我还不知道呢。”

米果儿“哦哦哦”几声，陷入了一种难堪的尴尬之中。

米果儿突然指着窗外的一株梧桐树说：“你看，那上面有一只喜鹊。”

文莲欣喜地说：“是的，是喜鹊，我们这个城市里已经很久看不到这种吉祥鸟了。”

两个同桌，目光始终盯着那只喜鹊，很久。

女 生 小 梅

小梅是一个乡下的女孩儿。

看到小梅的第一眼，我就喜欢上了这个从乡下来的女孩儿。她改变了我许多固有的认识，比如说：关于乡下孩子的评价。

在我的印象中，乡下的孩子刻苦无比、苦大仇深、冷眼观世、小心谨慎、羞怯内向，等等。我寻找不出更为确切的字眼。

小梅有一双明亮的眸子。明亮的眸子里能映出蓝天白云和星星的色彩。她的笑声更迷人，像风铃一样“叮叮当当”。

我帮助小梅收拾床铺，听她快活地抱怨和开心地笑着。

"哎呀呀……眼花缭乱……搭错车……"可笑极啦。其他的女生有点拘谨，她们古怪地瞅着这个新来的伙伴。

"喂，你们好！"小梅热情地打招呼。她有点不好意思，似乎在家里怠慢了远方来的客人一样。

她们口是心非地答应着，反应冷淡极了。我故意侧着身子，挡住了小梅的视线。我怕她看见李小玲那张冷漠而又带着讥讽神态的脸。

小梅热情、豪爽的性格真有点像男孩子。她的笑声像一股暖流，流进我纤细的脉管中去了。我欣喜地打量着小梅。

"小梅真有意思，和她在一起肯定不寂寞。"我想。

女生和男生不一样，女生更喜欢寻找知己，当然越快越好。我认定小梅和我志趣相投，我们有共同的话题。很快，我和小梅挽着胳膊在黄昏的小路上散步了。我们一块儿上自习，一块儿看电影，一块儿逛商场，一块儿吃东西……

我属于清瘦型的人。妈妈有句名言，叫"越吃越美丽"。

我每一顿只能吃二两米饭，妈妈说我的胃口像麻雀的胃口一样小，她很担忧。在T市上学，远离了父母，一切都得靠自己了。妈妈最大的希望就是我吃得白白胖胖的。爸爸补充：身体是革命的本钱。没有本钱，是干不好革命的。

我和小梅在一起，妈妈肯定很欣慰。她不知道小梅的胃口有多好。小梅大口吃饭，嘴巴吧唧吧唧响得惊天动地，她一点儿也不难为情。粗茶淡饭，无论什么样的饭菜，她都吃得津津有味。狼吞虎咽最能表现她吃饭的神态，但这个成语有点贬义，她是个女孩，又是我的好朋友，我怎么忍心如此残酷地形容她呢？

男生惊愕地张大了嘴巴。

女生埋头痴痴低笑。

我们在一块儿吃饭，我总是左顾右盼，小梅却旁若无人，开心大吃。“哇，真伟大。”我在心里感叹。

小梅成了我的精神支柱，还有更多的。我给妈妈写信，信里大谈特谈小梅。我说小梅是我最最要好的朋友。我的体重增加了两公斤，全是小梅的功劳。我夸张地、善意地描绘了小梅的特点，全是歌功颂德的褒奖之词，绝无一点贬义。

小梅与众不同。那是一次我和她玩游戏时才得出这个结论的。我写了几个问题请她回答：你最喜欢的一本书是什么？你最喜欢的一支歌曲是什么？……这些问题有助于我更深一层地了解她。她答："我最喜欢的书是《埃米莉像金子一样可爱》；我最喜欢的歌曲是《我是一只小小鸟》……"她的回答让我大吃一惊。我一向认为乡下的孩子孤陋寡闻，没想到她倒使我相形见绌了。

我酸溜溜地问她："你还读过什么书？"她滔滔不绝举出一大串书名，不少书我还是第一次听说。我半信半疑地问："你从哪儿搞到这些书的？"她得意地说："各种渠道。爱能产生奇迹；爱能帮助你想出许多你平时想不出的办法。"小梅的话有点哲人的味道，我恨不得找个本子记下这些语录。

我告诉了妈妈。妈妈说："你有朋友我真高兴。请记住，友谊的本质在于原谅他人的小错。你的朋友很有思想，很有个性，相信她会对你的生活产生重大影响。"我寄出第一封信时有点后悔，我怕妈妈误解了我的朋友。因为我发现，欣赏小梅的人寥寥无几。我大概是她最最忠实的朋友。

我把妈妈的来信让小梅看，我所有的喜悦和幸福都愿意和她一起分享，更何况这与她有关呢？小梅的脸红了，她喃喃地说："我哪有那么好，你给你妈妈瞎吹我什么啦！"我搂着她的肩膀说："你是完美无缺的。我妈妈也喜欢你呢。"是啊，能让父母采纳的意见有多少呢？我们无论怎样努力都不能使他们满意。小梅脸色通红，两眼闪烁着羞涩而又幸福的光芒。她很美，美得像灿烂的星子一样。

李小玲推开宿舍门，看见我俩亲密无间、推心置腹的样子，顿时垂下了睫毛。她抄起一本书，慌慌张张地走了。我俩的友情使其他舍友不堪忍受，没有人能在火热的气氛中待上一刻钟。

小梅若有所思地说："李小玲好像不高兴。"我撇撇嘴，说："我们又没招惹她，没妨碍她，她是嫉妒哩。"女孩子与女孩子的友谊，就像那种置放久了的、黑色的绝缘胶布，黑亮，但不瓷实。同舍的其他几个女伴，好好坏坏，好就好得像一个人，坏就坏得像仇人。她们能不嫉妒我和小梅吗？

那一天，妈妈给我寄来两本书。两本一模一样，都是阿斯特丽德·林格伦的《长袜子皮皮》。我在心里抱怨："哎，妈妈什么时候变得粗心大意了，她可不是这样的人啊!”我翻开扉页，啊，一本是送给小梅的。妈妈题了几行娟秀的小字：赠给王丽娜同学的朋友小梅。妈妈真是个有心人，题的话都大有深意。

小梅要不是我的朋友，她就没机会得到我妈妈的礼物了。

我兴冲冲地把那本书交给了小梅。小梅感动了，她捧着书就像抱着一个瓷娃娃一样。小梅说：“你妈妈是搞艺术的吧？她的字美极啦。”我摇摇头，说：“不，她是一个牙科医生。”小梅说：“一个医生能写出这么好的字，更了不起啦。”她不是在奉承我妈妈，我妈妈的字的确是值得人们赞美。

那几天，我和小梅遇见了“鬼”。

鬼不是鬼，而是李小玲和同舍的其他几个舍友。她们一定在搞鬼。

李小玲不知在说什么，惹得其他女生不住发笑。我和小梅一进去，笑声戛然而止。她们一一散去，一人抱一本书，装出一副专心苦读的样子。

她们刚才开小会了，肯定在议论我和小梅。我把门推得“咣当”一声，很响，但没有人吱声。这更证明了她们心里有鬼。

“哈哈哈，今天天气不错，”我故意大声说，并朝小梅挤了挤眼睛。

“嗬嗬嗬，是啊，热极了。”小梅心领神会，立刻做出了反应。

我推开了窗户，这正是李小玲反感的。她怕光，怕风，怕蚊子，什么都怕。我嚷嚷着说：“哎呀呀，屋子里太闷了。”

李小玲的床铺靠着窗户，她脸色苍白，捏书的手在发抖。嘿，她一定快发疯了。

“小梅，小梅，我刚学会了一首儿歌，蚊子‘嘤嘤嘤’，苍蝇‘嗡嗡嗡’，老鼠‘吱吱吱’，鸭子‘嘎嘎嘎’。”我大声说。

“嘿嘿嘿，真有意思！”小梅笑着说。她觉得好玩，而没想到别的。

“喂，小点声啊，别影响他人。”李小玲说，态度冷冰冰的。她的脸埋在书本里。

我想起来了，李小玲刚才议论小梅土里土气的乡音。中午上课时，刘老师让小梅朗诵课文。小梅先是用普通话

（不太标准）念了几句，之后便抖出了浓重的方言。教室里笑成了一片，李小玲笑得最响。刘老师板着脸说别笑别笑，自己却忍不住失笑了，所以又引起一阵大笑。你看看李小玲眉飞色舞的样儿，活脱脱一个小人。

我愤愤不平地说："教室才是学习的地方啊。"李小玲丢下书本说："王丽娜，你是什么意思？"我说："没意思。我说宿舍是休息的地方，有错吗？"李小玲说："有。不管别人是在学习还是在休息，你都不该大声喧哗而影响他人。"

小梅扯扯我的衣襟，意思是劝我别再争吵下去。其他几个女生心虚，各自想着心事。我不再理睬小梅的暗示。"刚才我还听见鸟'喳喳'叫来着，难道是我听错了吗？别的鸟可以叫，我为何不能叫？"李小玲气急败坏地向我走了过来，她的脸都快变成地图了。

"哎，别这样，有话好好说。"小梅横插在我们中间。其他几个女生也帮开了腔："就是嘛，何必搞得紧张兮兮的。"

"哼。"我一跺脚出去了。

小梅呀小梅，你不帮我就罢了，你的眼睛是近视吗？

李小玲在背后捅你刀子咧，可你还像个菩萨似的。我埋怨小梅，埋怨她不够意思。

一双手轻轻搭在我的肩上，我故意装出浑然无觉的样子。

“丽娜，生气啦?”小梅笑嘻嘻地说。

“亏你还笑得出来。”我不满地说。

“哎，生气是无能的表现。让她们说去吧，那是她们的权利。我都不在意，你还那么较真干啥。”她紧紧地搂着我的脖子。

那一搂让我感动无比。很多无声的语言都在那一个动作中弥漫开来……

小梅嘴巴像贴了一个封条一样，不再笑了。我有点诧异。

我问她几次，她都不肯告诉我事情的真相。嗨，真叫人着急。

她的大眼睛里充满了忧伤，她的脸上挂满了悲哀。太突然了，我和她形影不离，她到底遭遇了什么不顺心的事儿?

倒是那个李小玲，瓮声瓮气的笑声中充满了幸灾乐祸的味道。她的笑声无处不在，像夏天的知了。

不久，我便嗅着了蛛丝马迹。

在男生和女生之间，流传着小梅许多带有奚落和嘲弄的绰号。像“化了妆的乌鸦”“田鼠”“玉米一样的牙齿”，等等，每一个绰号都有侮辱人格的意思。

小梅的牙齿黄灿灿的，像玉米一样。平心而论，小梅美中不足的地方就在她的牙齿上。我说小梅完美无缺，是从感情上讲的。可是，在乡下的男孩子与女孩子的牙齿都是那样的呀……

“臭嘴臭嘴，肯定是李小玲那张臭嘴。”我咬牙切齿地说。

“嘿嘿嘿，你看你。”小梅笑了。她的牙齿一览无余，像玉米一样金灿灿的。我特意看了一眼。小梅立刻闭拢了嘴巴，她陷入悲伤之中。

“哎，没有证据，不好胡说的。再说，我就是，就是有点……那个。”小梅结结巴巴地说。

“算啦算啦，那又不是什么大不了的事儿。”我说。我心烦意乱，实在想不出更好的办法。更何况，我从来没有注意过小梅的牙齿呢。

那天夜里，我陪着小梅散步。在空旷的大操场上，寂无一人，我们默默地走着。

月光，星光，“叮叮当当”。

突然，我心血来潮。我说：“小梅，我教你一个驱除烦恼的办法。来，跟着我。我说一声你说一声。”

我张大嘴巴，可着劲儿喊了一声。那声音把我自己吓了一跳。

“哇！”

“啊！”

小梅起初声音小小的，后来声音慢慢变大了。她的声音本来就比我大，放开喉咙那么一喊，竟然震落了几片枯叶。几只叫个不停的蟋蟀，也噤若寒蝉了。

“好家伙，你练的什么功啊？”我开玩笑地说。

“蛤蟆功，蛤蟆功。哈哈哈。”小梅开心大笑。我搂着小梅的胳膊，喜气洋洋地走回宿舍。“哗”，李小玲拉上了床帘。我和小梅又说又笑，李小玲的床“咯吱咯吱”直响。她的脸一定变绿了。

“嘘！”小梅向我做个手势。

我狠狠瞪了她一眼，她做了个鬼脸，蒙上了被子……

妈妈来信了，她答应了我的请求。

她说，黄牙齿能变白的，需要做一些美齿手术，不疼，但费用不小。你体重增加了四公斤，是小梅的功劳。为了感谢她，我决定承担全部费用。

哇！我伟大的妈妈，我的好妈妈。

小梅的笑声像星星一样迷人，让我的妈妈也给她增加一点魅力吧！

风　铃

一

月儿考上了重点高中，她和雅华成了同桌。

雅华大大方方地伸出手说："我叫雅华，高雅的雅，中华的华。你呢?"

月儿笑了，笑声"叮叮咚咚"犹如风铃儿的敲击。月儿说："我叫月儿，就是天空弯弯的月亮。你的名字真气派，也好听。"

雅华矜持地说："哪里哪里。"

雅华悄悄地侧过身子，背对月儿；她拿出一面小镜偷偷地照了照自己的脸，然后又用眼睛打量了一下自己的服饰。这一切都是在漫不经心的状态下进行的。

雅华长长地吐了一口气，她发现自己并没有授人以柄的地方。月儿刚才的笑声使她紧张极了。

雅华说："你家是城市的还是乡村的？"

月儿说："我家在山里。"

雅华惊讶地睁大眼睛，她认为月儿会流露出一点感伤或者忧郁的情绪。月儿轻描淡写地、非常自然地报出自己的家庭背景，在雅华看来多么不可思议。

在月儿脱口而出的瞬间，雅华甚至有点后悔了，她认为自己干了一件蠢事。她这样问不啻证明了她是个俗里俗气的女孩子吗？

雅华说："你不介意吧？"

月儿说："介意什么？"

雅华很快转移了话题："你的家乡一定很美很美吧，我简直想象不出它的迷人程度。"

月儿说："是的。哎，你说城市有啥好的，校园周围的环境多糟糕。声音嘈杂，让人心神不定。我们能够安心学习吗？如果把学校迁往山里，嘿，那该有多棒。山、水、树木、野草、山花都能把你溶化了。当然，也有声音的干扰，比如说鸟鸣、蝉鸣。但是，它们的鸣叫却是一种‘鸟鸣山更幽’的诗情画意。哈哈哈。”

月儿沉浸在自己想象的快乐中。

雅华不自然地说：“有道理有道理。”

二

雅华开始琢磨月儿了，她觉得月儿的笑声很特别。要么特别刺耳，要么特别动听。一切都得看它的后面附着的是什么东西。

经过一段时间的观察，雅华确凿无疑地相信月儿的笑声是自然的、清澈的，没有一点雕琢和做作的痕迹。弄明白之后，雅华觉得心里酸溜溜的。是呀，月儿的笑声纯美得有点让人嫉妒。

雅华说：“月儿，你不像山里的女孩儿。”

月儿说：“我是地地道道的山里人，不存在像与不像的问题，我就是。”

雅华的心扉一点一点向月儿敞开了，她不由自主地喜欢上了这个纯洁可爱的同桌。

雅华说：“你的笑声很特别。”

月儿愣了：“很特别?”

雅华说：“像风铃声一样动听。和你在一起，我不知道自己还有什么烦恼的事儿，听见你的笑声简直是一种享受，一种幸福。”

月儿说：“你真有意思。哈哈，你夸大其词，分明是在取笑我。爹妈给我这样一副嗓子，一个乐观的性格，很难为情的。我妈妈有那么一点文化，她老教育我‘笑不露齿’。她说，你这样笑下去，将来恐怕连对象都找不到。哈，你听听。”

雅华被月儿的情绪感染，禁不住开心大笑起来。她说：“月儿，不要改变自己，挺好的，你的笑声和性格我都非常喜欢。”

月儿说：“你怕我难过，想安慰我，对吧?”

雅华庄重、严肃地说：“我这是真心话。”

三

雅华和月儿被班里的男生们私下称为“绝代双骄”，她俩的气质、容貌、学习成绩在班里名列前茅，相互辉映，各有千秋。她俩形影不离，俨然是一对亲密无间的朋友。

然而在那些城里的男生和女生们眼里，她俩之间的友谊有点儿不可思议：一个是山里的“野丫头”，一个是城里的“千金”呀！

雅华和月儿大声说笑，拉手散步，促膝聊天，对周围的一切熟视无睹。

一个美丽的午后，阳光温柔地落在校园的小树林里。雅华和月儿坐在一条长椅上。

月儿说：“我尝试过改变，但无济于事。我觉得爱笑并不是件好事。”

雅华说：“何以见得，你曾经有过麻烦或者尴尬的经历吗？”

月儿说：“嗨呀，爱笑也引起过不少笑话。明明该哭，我却大笑，容易让人产生误解哩。至少，有失严肃，但我又控制不住。”

雅华说：“不至于吧，有那么严重吗？我不相信，除非你能讲一段故事证明。”

月儿抬起头，目光向很远很远的地方望去，陷入一种眷恋和神往的情绪之中。突然，月儿弯下腰大笑，笑得上气不接下气。

“好，既然你想听，我就讲一个吧。”

月儿说：“我有一个弟弟，可爱极啦。他淘气，还会要无赖，简直是个小赖皮。他干了坏事、错事，如果我的爸爸妈妈没有拿出证据，他绝对不承认是自己干的。他大义凛然，就像敢死队队员一样。我一直觉得他最适合干公安、警察和法官的职业。有一次，我妈发现压在苇席底下的二十块钱不翼而飞。她问我‘月儿，钱是不是你拿了？’我说‘没有啊’。她说‘我不相信’。我说‘没有就没有，你凭啥不相信我’。我忍不住笑了，妈妈似乎发现了蛛丝马迹，她不依不饶地说‘你肯定拿了，没拿，你笑什么？’我说‘我感到好笑’。她说‘那是你心里有鬼，心里发虚的表现’。我说‘我爱笑，你又不是不知道，这又能证明什么？’她问不出什么，就找到了我小弟。妈妈问小弟‘你拿钱了吗？’小弟摇头说‘没有没有没有’。我妈说‘你说实话，到底拿了没有？’小弟把脸拉下来，很生气地说‘没有’。妈妈再问，小弟的眼眶里就盈满了泪水，他大概觉得自己受了莫大的委屈。父亲说‘算啦，不就二十块钱嘛，别逼孩子，你看你像不像审犯人的’。妈妈只好作罢。没过几天，一个邻居告诉我妈，说‘你那小儿子拿二十块钱挥霍了一通’。

妈叹口气说‘小小人儿，不得了啦’。我忍不住笑了‘妈，我洗刷清白了吧？’我妈翻我一眼说‘没出息，没拿你穷开心啥，小心将来找不到婆家’。”

雅华捂着肚子直喊“哎哟”。月儿绘声绘色、手舞足蹈的姿态使雅华乐不可支。

“我相信，别讲了，哎哟，留着以后慢慢讲。”雅华说。

四

一个男生彬彬有礼地敲开雅华和月儿的房门时，月儿正在写作业。

雅华说：“找谁？”

男生说：“找你，我想借一本书，不知你有没有？”

雅华说：“什么书呀？”

男生说：“数学复习资料。”

雅华说：“哎哟，对不起，我没有！”

男生告辞后，月儿放下手中的笔，不解地问雅华：“你不是有那本书吗？”

雅华说：“是吗？哎哟，瞧我这记性。我放在哪儿了？”雅华有点窘迫，显得手忙脚乱。

月儿说："在你的枕头下面。"

雅华翻开枕头："啊，在这儿，该死的。"

雅华想再演绎一会儿，以防止月儿有别的想法，但她理屈词穷，找不到更贴切的词来掩饰自己。

谢天谢地，又有人敲门。

又是一个男生，他来找月儿。月儿是学习委员，他来向月儿请教问题。

月儿把自己的作业推到一边，热情地招呼他坐下。

"唔，这道题可以这样……可以那样……另外还可以选择……"月儿深入浅出地讲解。

雅华心不在焉地翻着书。

雅华想听听月儿的笑声。

雅华想："月儿的笑声如温和的春风，可以稳定自己的情绪，吹散自己心头的不快。"但是，专注于讲题的月儿始终没有笑。

月儿越讲，雅华越焦躁不安。雅华忍不住咳嗽了一声。她似乎感觉自己被遗忘了，因而打破了这份宁静。

"哦，谢谢！"男生知趣地走了。

雅华思绪纷飞，好多念头纷至沓来。她想给月儿一些告诫、建议，但她不知从何说起。

月儿呀月儿，你是一把徐徐打开的折扇。你把自己一览无余地亮了出去，你应该为自己保留点东西。人是自私的，自私的人儿中又充满了竞争。黑色的七月里有多少人欢乐，又有多少人悲痛。天哪，一个小数点就可以决定一个人的命运呢。哎，月儿毕竟是从山里来的，她的一切都充满了纯朴和自然的味道。也许，她对方方面面有所保留的益处还不曾领略，可是，又该怎样提醒她呢？

雅华说："自私是一粒瓜子儿，吞下去的回味无穷，吐出去的一文不值。"

月儿莫名其妙地说："雅华，是哪个名人说的？我听不明白。"

雅华说："凡事只能靠悟，只可意会不可言传呐。"

月儿开心地说："哈哈，'不识庐山真面目，只缘身在此山中。'你这么有学问，我差点失之交臂，瞧，我太粗心大意了。"

五

那次数学课，雅华觉得自己丢尽了面子，这一切缘于月儿的忍俊不禁。

数学老师点名，让雅华在黑板上解一道题。雅华是尖子生，老师自然喜欢让她登台亮相。一来可以节省时间，二来可以起到楷模的作用。老师们用心良苦，总希望班里每个学生都是顶尖的武林高手。

雅华自我感觉良好，她飞快、流利地答完了题。她正准备走下讲台，被老师喊住了。老师说："雅华，你稍微等一会儿。"

月儿突然"扑哧"一声笑了，紧接着班里同学嘻嘻哈哈笑成了一片。

很显然，雅华犯了一个常识性的错误。雅华面色窘迫，她重新审视了一下自己的计算过程。呀——

雅华纠正了自己的错误，但月儿的一声笑却如一粒石子掉进了雅华的心湖。雅华瞪了月儿一眼，月儿毫无知觉。月儿的笑如果不是恶意的，那么就是自然的，一如她既往的性格。然而对雅华来说，那不啻是一种嘲弄和挖苦。

那一声笑，被雅华深深埋在心里。在平日她若无其事地、依然如故地与月儿交往。

在无记名投票选举班干部时，月儿的一声笑如暮鼓晨钟一样清晰地响在雅华的耳畔。雅华侧着身子，咬着嘴唇，不假思索地写了一个名字——一个学习成绩平平、调皮捣蛋的同学。雅华紧张地折好纸，然后回过头，装作关心的样子问月儿："哎，你写好了吗？"月儿笑着说："好啦。"

雅华以极快的速度瞥了月儿的纸片一眼，她清楚地看见月儿的纸片上写着"雅华"两个字。雅华身子略微颤抖一下，不过很快就镇定自若了。月儿写的那两个字，是那么秀丽、温暖、熟悉，在瞬间竟让雅华有点感动了。

雅华心里有点歉疚和自责的感觉，不过，她宽慰自己：反正是无记名投票。可是，这该死的一票有时会决定一个人的命运呢。雅华对此深有感触，这是她所生存的环境——城市文明所教给她的一种生存意识和生存策略。

结果出来时，让雅华始料不及，手足无措。月儿缺两票就会通过，也就是说，这两票是月儿和雅华的。如果雅华投月儿一票，那么月儿就全票通过。雅华呢，比月儿少十几票。

雅华反思自己，无论从哪个方面看，自己都应该占上风。她举止得体，与同学交往有分寸、有内涵，并且具有优越感——她是个城市的女孩么。月儿……月儿……雅华百思不得其解。

事后，月儿握着雅华的手说："雅华，我投了你一票。"

雅华说："月儿，我也投了你一票。"

月儿搂着雅华的脖子，笑嘻嘻地说："你不投我投谁呢，哈哈哈。"不过，她很快忧心忡忡了："雅华，其实，我最在乎没有选我的那一票。这说明我还有很多不足的地方，我真想知道那个同学是谁，然后请他帮助我、纠正我。"

雅华的嗓子眼里像塞满了什么东西似的，她支吾着说："很没有意思的。月儿，兴许是他一念之差造成的，你，你，与你没有关系，可能、大概、或许如此吧。"

月儿笑得前仰后合，眼泪快要夺眶而出了："雅华，你在给我做思想工作。好啦好啦，你不高兴了，我们不说这些，去他的吧，我们另换一个话题。"

六

雅华兴奋地对月儿说："快，快跟我回宿舍，你的一个亲戚来了。"

月儿迷惑地说："亲戚？我在这里没有亲戚呀。那个人叫什么名字?”

雅华说:“叫杨威,喏,可威啦。”

月儿说:“什么亲戚呀,我们是一个村的。初中没毕业他就打工去了,听说他现在腰缠万贯了。我好几年没见过他啦。”

雅华说:“哦,哦。他是挺阔。”

推开宿舍门,月儿怔怔地呆了半天,才喊了一声:“杨威哥。”

杨威哥油头粉面,身上浓烈的香水味儿特冲。除大拇指外,他的每个手指上都戴着明光闪闪的戒指。

杨威说:“月儿,几年不见,出落得更水灵啦。”

雅华泡好一杯茶,将茶端给了杨威。杨威用鼻子一嗅:“唔,好茶好茶。”

杨威的目光在月儿和雅华的脸上瞟来瞟去。他用悲天悯人的语调说:“学生时代真是艰苦。”

雅华笑眯眯地说:“杨大哥大概是博士毕业吧?看样子蛮有学问的。”

“博士,博士是个啥东西?”杨威茫然地问。

月儿用目光瞥了雅华一眼,她用目光说:雅华,你太损啦，别捉弄我老乡了。雅华狡黠地挤挤眼睛：好戏还在后头呢！

杨威说：“念书有啥意思，苦啊。老子没念书一样可以赚大钱。念书花钱，上大学花钱，分配花钱。听说现在大学生不包分配咧。有几个漂亮的女大学生想来我公司工作，被我回绝了。”

雅华说：“杨大哥，你有孩子啦？”

杨威说：“没有啊，我还没有结婚哩。谁要是嫁给老子我，那可是享不尽的荣华富贵。”

雅华说：“我刚才听你说老子老子的，以为你有了胖小子。”

杨威很想侃侃而谈，大肆炫耀自己一番，没想到雅华漫不经心，而且话语中有一种嘲弄的味道。这使杨威很恼火。

杨威的眼睛不怀好意地瞥着月儿：“月儿，一个人来到大城市不容易。星期天到我们公司吃饭吧，你要想打工呢，就帮我整理整理材料。至于你的这位同学——她要是有兴趣，也可以一起来，我包吃包住包付高酬。”

月儿正想搭腔，被雅华截住了：“杨大哥，谢谢你。我们重点中学功课紧得很呐。再说，星期天我们有安排，月儿要跟我去见见我父亲，他在×厅工作；见我妈，她在×局工作。还有我舅、姑。另外，我给她还揽了一份活儿，也算勤工俭学吧。”

雅华咄咄逼人，报出一大串吓人的社会关系。杨威坐卧不宁，显得很狼狈。雅华说：“杨大哥，有空，还是欢迎你来学校坐坐。”

“哦，哦，好的，好的。”杨威要告辞。

送到学校门口，月儿还想送杨威一程，她的手却被雅华紧紧抓住。雅华挥着一只手说：“再见，杨大哥！”月儿也挥起一只手说：“杨大哥，再见！”

月儿说：“雅华，你干吗？”

雅华说：“你想干吗？”

两个人非常快活地笑了。月儿说你挺活泼的，雅华说你挺傻的。她们说说笑笑，在人们惊诧的目光中返回宿舍。

那一杯茶温乎乎的，宛如一个大大的酒窝。雅华冲月儿挤挤眼睛，端着茶水向厕所走去。

七

雅华已经听惯了月儿风铃般的笑声，如果有几天她听不到月儿的笑声，她就郁郁寡欢地问自己："我是不是病了？"然而，她从不去医院。再见到月儿，她故意问："月儿，几天不见你，是不是找婆家去啦？"

月儿露出洁白的牙齿，浑身暖洋洋的；然后，笑。

昨夜星辰

明天，也就是明天一大早，城市在梦中，人们在梦中，校园也在梦中的时候，刘春义要转学回到自己的小镇中学了。

望着窗外闪烁的群星，王成静思默想。

那天，刘春义告诉王成转学的消息后，王成没有一点悲伤的情绪。真不可思议，连王成自己都感到十分奇怪。当时，王成略微有点惊讶。王成问刘春义转学的原因。

刘春义沮丧地盯着王成的眼睛，王成感觉刘春义的失望一览无余，好像一个尘封已久的洞口正慢慢向自己敞开。刘春义说是经济上的原因，老父亲上山挖药材摔伤腿后，再也没有能力供他在市二中上学了。二中是省里的重点中学，虽然不是什么贵族学校，但各种花费仍然很大。王成咬着嘴唇想说“真舍不得让你走”，他抬头望着天空终于没有说出来。言不由衷的话为什么要说呢？不说兴许会让自己更平静一些。王成的手插在裤兜里，他狠狠地掐了自己一把，疼痛使他暂时忘却了即将脱口而出的话。

王成说：“到时候我会送你的。”

其实，他对自己的承诺没有一点把握。

刘春义感动地说：“不，不，不用了。”

刘春义把转学的消息只告诉了王成一个人。用刘春义的话说，他不想麻烦同学们。那不是出自肺腑的话，倒不如说是一种无奈罢了。以刘春义在班里的威望和影响，没人对他的转学感兴趣。学习好管什么用，你刘春义是三好生又有什么用，那是你自个儿的事情。

寒星点点，王成感觉有点发冷。

王成急忙把外套罩上，依旧站在窗前。

莫名其妙，王成就是驱不走刘春义那张干巴巴的、缺乏营养的脸。或许，那张脸从来就没有涉足过王成的记忆，所以根本说不上强烈和深刻的印象。然而今夜不同了，刘春义额头积聚着愁苦的每一条皱纹都格外分明地呈现在王成的面前。

王成把手深深插进自己的头发里。

一个忧伤的午后，王成沉浸在某种忧伤的情绪中。或许是他的小松鼠死了，或许是他的数学成绩不及格，或许是他的父亲训斥他了，总之那时他在忧伤。可忧伤并不妨碍他的目光投向讲台。

当时，班主任介绍一位从农村转学过来的同学。王成的腿斜跨着，跨在他旁边那个空了已久的座位上。王成心乱如麻，思绪纷飞。他的目光盯着那个同学蹒跚着向他走来。直到那个同学站在他的身边，向他微笑，他才如梦初醒。

“请，请，让一让。”

那个同学结结巴巴地说。

全班同学哄然大笑，笑得窗纸“哗哗”作响。

王成没有笑，因为忧伤并没有消失殆尽。大笑的巨浪使王成立刻回到了现实之中。

王成赶紧把腿收过去，身子往里移了移。

他已经明白，从今天开始，他和这位结结巴巴、土里土气的同学是同桌了。

同桌满脸通红，额头上有几道明显的皱纹在蠕动。

同桌向王成点点头，很感激地盯了他一眼。

同桌掏出课本，王成眼睛的余光瞥见了课本左下角的名字：刘春义。

他的同桌叫刘春义，刘春义是个结巴，结巴的字儿写得挺漂亮。

当时，王成平平淡淡地想到了这些。

刘春义不苟言笑，主要原因可能是结巴。结巴比常人有更强烈的谈话和交流欲望。因为生怕人讥笑和嘲弄，所以干脆不苟言笑。这是明智的，又是人很普遍的一种做法。自抑是一种痛苦，痛苦久了又会变得麻木。

王成课余喜欢阅读心理方面的书籍，对于结巴，他有一套独到的见解。这并不是他特意观察了刘春义后才得出的结论，也不是他对同桌产生了浓厚的兴趣。虽然说最值得研究的是身边的人，最令人向往的是远方的人，但王成对刘春义丝毫没有琢磨的意思。

然而，同桌是一个无奈的现实，无论你喜欢也好，厌恶也罢，他终归是你的同桌。王成只要离开座位，就需要刘春义稍微向前倾倾身子。他们的位置靠南面的墙壁。比如说下课，王成总是如释重负般地要去外面呼吸呼吸新鲜空气，伸伸懒腰，晒晒太阳，或上上厕所。刘春义却不然，下课之后，除了迫切要上厕所的欲望驱赶他之外，刘春义一般不外出，总是猫在那儿读书和练字。这样，王成时常得需要刘春义提供方便。

偶尔，王成会拧过脸冲刘春义点点头，或是微笑一下。

在这方面，刘春义给予王成的回报却要丰厚得多。

刘春义猫在那儿，做作业、写字、读书，似有一种坚定的信念支撑着。尤其是他那副可笑的老式眼镜，常常让王成哑然失笑。王成总是不由自主地想起乡村里那些老会计戴着老花镜算账的情景。如果说刘春义猫在那儿算是一种坚定意志的体现，那么王成很不以为然，王成觉得那是逆来顺受的性格的具体表现。

他们也交谈，但极简短，从没有一句回味无穷、值得记忆的话。

王成对刘春义怀有许多复杂的感情，轻蔑、可怜、嘲弄，兼而有之，说不清哪一种因素更突出。但有一个特点很明显，王成和刘春义的交谈始终轻描淡写，王成的语气空洞得像雾像云又像风。尽管如此，王成也认为那是一种高姿态的施舍。

有一天下午，王成想玩羽毛球。

王成说："春义，咱们玩羽毛球吧？"

刘春义眼睛离开课本说："我，我，想看书！"

王成说："得了，得了，天天猫在那儿写啊看的，你的眼睛本来就不好，照此下去只能雪上加霜。要劳逸结合嘛。"

刘春义说："好，那咱们走吧。"

他们在操场上打羽毛球，玩得挺愉快。

王成正在兴头上，刘春义突然不想玩了，他说他想去学习。

几句尖酸刻薄的话挤在舌尖上，王成硬是给咽了回去。

王成说："不玩就不玩，反正我也累啦。咱们找个地方聊聊吧。我们虽然是同桌，可还没聊过天呢，对吧？"

刘春义犹疑片刻，最后点了点头。

他们坐在那棵巨大的泡桐树下，树下是许多细碎的沙子，挺干净。

他们席地而坐，开始聊天。

那时，王成怀着不可名状的快感，想看看同桌的窘迫和难堪。王成故意挑起话头，然后倾听刘春义结结巴巴地讲。他是一个颇有心计的观众，幸灾乐祸地看刘春义表演不幸。

刘春义讲得很吃力，他试图介绍和解释自己，好让王成对自己有个粗浅的认识。

刘春义的母亲死得早，和老父亲相依为命。父亲最大的心愿就是让他受良好的教育，因此，刘春义的父亲找了很多关系，才把他转到市二中上学。个中艰辛，不言而喻。在叙述父亲艰难挣扎的一些细节时，刘春义几乎拖着哭腔了，然而他没掉一滴泪珠。生活是人最好的老师，刘春义习惯于在忍受中和命运抗衡。刘春义超人的学习毅力来源于他对父亲的负疚心理。

王成不为所动，始终没有把个人情感夹杂其中。他故意使用了一些感叹词，以表明他正起承转合在刘春义的故事叙述里。从没有经历过不幸的他对不幸者发笑也是情有可原的，然而，王成并没有歉疚之感。

刘春义说了很多很多，说完之后他对王成歉意地笑了笑。因为他向同桌分享了他的不幸和忧伤。

此后，他们的关系密切了一层。至少，刘春义的态度向王成表明了这一点。

周末的下午，刘春义的父亲背着鼓鼓的帆布袋来到了学校。

刘春义把王成特意介绍给了父亲。

刘春义说："爸，这，这就，是我的朋友，王成。"

刘春义的父亲把王成的手拉住："啊，你是王成，义娃每一封来信都提到你咧。来，这一袋是我专门给你带的。"

帆布袋里塞满了毛栗子和核桃。

王成说："不好意思，别这样，给春义留下吧！"

刘春义急了："你你你别客气，我我我老家多的是，我我吃得腻了。"

"是啊是啊，这又不是啥贵重的东西，吃个新鲜。"刘春义的父亲补充说。

王成推辞不过，只得放在自己的床头。

刘春义的父亲喝了半杯水，急急忙忙要返回去。他说："眼下是农忙时节，你们也得学习呢。"

王成说："我送送您吧？"

王成特意加重了“您”的语气，春义的父亲不明白，春义听后却满面春风，干巴巴的脸颊竟然山花烂漫地泛开笑意。

刘春义说：“你你甭去，我我有事和我父亲说。”

他们一老一少走了，王成摇了摇头。

王成想：“刘春义真怪，我啥时成了他的朋友。他给他父亲的信中能谈我些什么呢？我们的交往和蜻蜓点水差不多。那次打羽毛球之后，虽然我们的接触比以往多了一些，但都是极为平淡的事儿。我没有为刘春义做过任何事情，甚至一丁点儿的帮助也没有。他居然将我引以为知己。荒唐荒唐。”

看到刘春义父亲送给自己的东西，王成心里还是微微一热，很快，又平息了。

一颗流星骤然划破夜空，王成猛地一愣。

他纷繁的思绪被阻隔了一下。

起风了，不胜悲凉的秋风，吹得窗帘布起起伏伏，“哗哗啦啦”的。

那些星星，高而冷，清而密，很像一篇古色古香的散文。王成喜欢此刻的悠远意境。

他如往常作文那样，不折不扣地条分缕析，吃透每一个字、每一个词的含义。他最为得意的就是他能够得心应手地、炉火纯青地使用倒叙的方法，并且首尾呼应，前后一致。

回忆他和刘春义的往昔，不就是一篇很需要穷掘深挖的散文吗？也许他从前从不积累，以至逼迫他不得不苦思冥想。

王成长长地叹了一口气。

那次，实在是无巧不成书。

王成真幸运，实实在在地抒发了一下积聚已久的郁闷之气。

刘胖算什么东西，整天嬉皮笑脸的，有事没事就用两根指头弹弹西服领子，然后甩甩他自以为很美的大分头，地地道道的汉奸样儿。

刘胖瞅王成不顺眼，王成瞧刘胖恶心。

平日间，两人并无冲突，只是一种仇恨情绪在他们俩之间流啊淌啊的。

刘春义的侧面是李雪的桌子，李雪是班里最漂亮的女同学。刘胖有意无意总爱和李雪聊天，间或做点怪相什么的，逗李雪开心。

那次，刘胖瞥了两眼王成之后，乐滋滋地来到李雪的桌前。

刘胖厚颜无耻地用双肘搁在李雪的桌子上，用两手托着腮，笑眯眯地说："李雪，我给你表演个小节目，叫开心一刻。"

李雪乐不可支地说："别卖关子啦，快点儿，马上要上课了。"刘胖捏着鼻子说："妈，妈，妈，我我我要要要尿尿。"

之后，又来了几声婴儿的啼哭。

刘胖的屁股正冲着刘春义。

王成拍案而起，断喝道："刘胖，嘴巴放干净点儿!"

刘胖仰着脸儿说："嗬嗬嗬，我和李雪聊天关你什么事。"

王成说："你含沙射影，拿刘春义取笑，不觉得可耻吗?"

刘胖说："天下结巴人多的是，你凭什么说我拿刘春义开心。我，我，我是一个兵，来来自老百姓。"

刘春义没拦住王成，王成“呼”地蹿了过去。

王成扬手给了刘胖一个嘴巴，打得刘胖眼冒金星，细细的血水顺着下巴淌了下来。一巴掌，就使刘胖明白了自己不是王成的对手。刘胖大声嚷嚷：“王成打人啦，王成打人啦。”王成被刘春义死死抱住。

上课铃响了，刘胖故意哭丧着脸，把身子挺得高高的，好让班主任看清他脸上的血污。

班主任问刘胖怎么回事儿，刘胖指着王成说王成打人。

课暂时不上了，班主任把王成和刘胖叫进了办公室。班主任问明缘由后，各打了五十大板。王成不对，刘胖也不对。总之打人更不对。最后，班主任让每人写份检查，继续上课。

刘春义忐忑不安，他觉得自己是整个事件的焦点。如果王成和他不是朋友，王成肯定不会替他打抱不平。王成替他教训了刘胖，他更有理由为此感到内疚。

刘春义的脚在地上动来动去，王成丝毫没有察觉。王成正沉浸在发泄之后的畅快之中。他自始至终没有想起刘春义，只不过那一刻是他急中生智找的借口罢了。

刘春义则不然，他的鼻子酸了一节课。

风停息了，窗外的世界陷入深深的静谧。

王成的嘴角浮现出一丝苦笑。

他从来没有思考过自己的角色，自己也许在刘春义的天平上很沉很重。可是，刘春义一直在王成的天平之外。这是绝对不平等的友谊。

早熟的王成和大学生没有什么区别，他过早地开始积攒关于人的经验和认识。

王成再次仰望星空时，一种强烈的意识突然苏醒了。

此刻，刘春义在干什么？明天他要永远离开依依不舍的二中了。

“明天我去为他送行！不，现在就去看看他。”王成想。

王成拉上窗帘，关好台灯，冲着里屋看电视的父亲喊了一句：“爸，我出去一下，马上回来。”王成的家离学校只有五百米。

王成推开宿舍门，浓浓的夜色中，刘春义缩成一团，搂着膝盖，悄无声息。那种空旷、悲凉的感觉，一下子席卷了王成的所有意识。眼泪顿时夺眶而出。

“你你，你，来啦！”刘春义喜出望外。

“春义，真舍不得你走！”王成拉住刘春义的手，哽咽着说。“我我，我想，你会，回来的。因为，你答答应过我。不，不过，我没想想到，你你今晚来了。”

“春义，等等我，我去传达室那儿给家里挂个电话，我今晚住这儿。”

王成不等刘春义说话，一阵旋风似的冲进了夜色之中。

月儿弯弯，繁星点点，风儿轻轻。

“又要起风了！”王成想。

天知道王成是热还是冷，他拉开了夹克的拉链，让夹克在风中鼓成一面饱满的帆。

青鸟快快飞

序

青鸟是一种象征幸福、吉祥、快乐的鸟儿，把友谊比作它是再合适不过的。请精心呵护你手中的青鸟，不要让它受伤，要让它快快地飞。

一

米兰和小菲在僻静的、楼梯口的拐角处不期而遇。

两个人先是一愣，随后各自把脸别向一边。

“呸！”

米兰愤怒、厌恶地唾了一口。

“呸！”

小菲被迫无奈、微弱地反弹了一下。

米兰和小菲都是女孩子，她们用这种很矜持、高傲的形式表示了自己内心对对方的感受。

她们隐忍、克制了很久，今天算是由暗转明，把针锋相对的关系公开化了。米兰和小菲原本是一对形影不离、如同姐妹一般的好朋友。她们从来没有想过、也无法想象友谊终于画上了句号。尽管她们在这一段时间内尽量宽容对方，努力检点自己的不足，但效果与愿望却背道而驰。

这一幕，被“顺风耳”刘明尽收眼底。他本想下楼去，但又改变了主意。刘明一阵风似的闯进教室，他推开教室的门就拍响巴掌：“各位，各位，停一停。我告诉大家一个好消息，‘薛宝钗’与‘林黛玉’反目了。”班长王全不悦地说：“刘明，背后说人家的闲话是不道德的行为。”

刘明故意调侃：“嗬嗬嗬，给人起绰号也是不道德的行为，对不？哥们儿，别假正经了。米兰和小菲的绰号已是家喻户晓，人人皆知，没有必要遮遮掩掩的。再说，这绰号恰如其分呐！”

王全说：“你在捕风捉影，要不就是道听途说，对不？”

刘明惊乍乍地说："绝对第一手材料。刚才，我在楼梯拐角处看得、听得清清楚楚。"

所有的眼睛熠熠放光。

所有的耳朵聚精会神。

米兰和小菲的友谊，是令人嫉妒的。从这个意义上说，大家对两人反目的细节自然表现出异乎寻常的"热情和关心"。

刘明虚张声势地说："好家伙，米兰的一口唾沫差点挂在小菲的耳朵上，要不是恰好有阵小风失去准头的话。小菲也不甘示弱，还击了一口，真绝，落在米兰的鼻尖上了。两人火冒三丈，嘿，眼发绿光。若不是我及时劝解，那才有好戏看呢。"

刘明旁征博引，如数家珍。米兰和小菲为什么不一块儿回家了；两个人为何不探讨和交流文学创作了；近期以来，她们不苟言笑了；米兰的眉毛愁肠百结；小菲的苦笑忧心忡忡；等等。任何一个微小的细节都是二人反目的确凿证据。刘明的一番演说绘声绘色，终于使大家心悦诚服地相信米兰和小菲的反目确定无疑。

王全摇摇头：真不可思议。

王全走出教室，他想把米兰和小菲的事儿告诉班主任，在班主任的办公室门前，王全又犹疑了。他觉得此举不妥，万一刘明言过其实了呢？即便如此，难保不会引火烧身。如果米兰和小菲对他同仇敌忾，那又如何是好？

王全缩回身子。

二

“薛宝钗”是米兰的绰号。

“林黛玉”是小菲的绰号。

米兰直爽，坦率，活泼；小菲腼腆，文静，秀气。两个人的性格反差很大，又属于互补的类型。两人的友谊发展到亲密无间的程度，一需要基础，二需要过程。米兰和小菲是邻居；米兰的爸爸和小菲的爸爸是同事。她们两家大人来往频繁，相处融洽，这无疑对她们两人的友谊是个极大的促进。人们都说女孩子的友谊具有透明度，露珠一样，晶莹清澈，但缺乏深度，没有牢固的基础。米兰和小菲会以两人的实际经历来反驳这一谬论。那一次，班里举行女孩子之间有无真正的友谊大辩论，米兰和小菲是一方，王全和刘明是一方。她们坚决认为有，王全和刘明不遗余力地反驳。最后的结果是米兰和小菲大获全胜，王全和刘明灰溜溜逃下台来。

米兰心里很明白，她是最受惠的一方。米兰私下里十分钦佩小菲，小菲可以弥补她美中不足的地方，使她显得更完美无缺。然而出于种种原因，当然最主要的是面子和虚荣心之故，米兰从未向小菲承认过。比如说米兰写好一篇文章后，总是漫不经心或者兴高采烈地对小菲说："小菲，我刚写了一篇文章，你帮我看看好吗？"弦外之音就是让小菲改一改，小菲毫不推辞，诚心诚意地帮米兰修改。寥寥数笔，哪怕做几处微小的改动，便使整篇文章活灵活现，大有画龙点睛的魔力。米兰矜持地说："唔，小菲，经你一改，果然出色多了。"小菲羞涩地说："你的整个布局、结构、文笔、内容好啊。"如果说米兰在利用小菲就大错特错了，米兰在其他方面也在毫无保留地帮助小菲。

她们和谐地相处，反过来又强化了两家大人的交情。大人对她们和她们对大人，都有一种美好的愿望和期待，那就是不允许在这优美的小夜曲中出现不和谐的噪音和杂音。无论谁破坏了这种友好的关系，都应当受到教育和指责。最好的方式当然是自责了，尽快弥补自己的过失。米兰和小菲在自责中度过了很多日子，然而自责于事无补。她们不能心平气和地对待自己，而把哀怨的、不满的视线投向对方。结果不言而喻，只能积淀越来越深的痛苦和愤怒。

两家大人一如既往地走动，他们谁也没有注意到两个孩子闹开别扭。米兰和小菲掩饰得极为小心、谨慎。在这段时间内，她们不仅品尝了什么叫孤独，而且在痛苦和绝望之余，也饱尝了伤感的滋味。她俩谁都不愿意面对残酷的现实，但又不得不无可奈何地说：一切，终结了吧。是的，别无选择。如果有别的选择，她们才不愿意迈上这条伤心之路呢。

三

“啪！”

米兰重重地关上了门。

米兰的母亲吓了一跳。

“米兰，怎么啦？”

“哦，没事，关门重了一点。”

“小菲没回来吗？”

“没有，她可能有别的事。”

以往，米兰家的门响一声之后，对门小菲家的门也会发出关门的声响。

“铛铛铛！”

有人敲门，是小菲的母亲。

“米兰，小菲回来了吗？”

“没有，她可能有别的事。”

“小菲有事能不告诉你吗？”米兰的母亲说。

“我哪知道！”

米兰的心像被小虫子咬了一下。

米兰的母亲和小菲的母亲面面相觑。

米兰走进自己的小房间，坐在写字台前，两手支着腮，望着镜子中的自己发呆。

两个母亲在唠叨什么，米兰懒得去听。她的耳朵里回响着小菲清脆的一声：“呸。”门响了一下，小菲的母亲走了。

米兰觉得口干舌燥，她打开冰箱，取出一听可口可乐。

米兰打开易拉罐的口子，“呼”的一声。突然，米兰浑身颤抖起来。在她听来，那一声和小菲的那一声何其相似。

米兰疯狂地推开窗户，使劲往回退一步，想把手中的饮料扔出窗外。这时，被母亲喊住了："米兰，你在干什么?"

米兰狂乱的情绪慢慢镇定下来。她故意用手扶了额前的刘海："妈妈，我嫌屋里闷得慌，想开窗户换换空气。"

"是吗?"母亲满腹疑虑。

"你是不是和小菲闹矛盾啦?"母亲关切地问。

"没有没有，就是没有!"米兰尖叫。

"妈妈，你让我静一会儿好吗?"米兰几乎哀求母亲了。

"唉!"母亲叹了口气。

母亲走后，米兰四肢软弱无力，就像刚刚参加完繁重的体力劳动一样。她意识到母亲走开是个错误。如果母亲站在她的身边，至少她还有竭力掩饰和伪装的力量。而现在，她一点儿支撑的力量都没有了。

四

小菲悄无声息地溜进家门，尽管她很小心，关门的声音还是被母亲听见了。

"小菲，怎么回来得这么晚?"

“我有点事儿!”

“米兰早就回来啦。”

“我知道。”

“小菲，是不是和米兰闹矛盾啦?”

“没有的事情。”

“米兰是个好孩子。”

“嗯。”

小菲旋开台灯，小心翼翼地从书包中抽出挂锁的日记本。

她的手微微颤抖着，是啊，打开日记本她就想起了米兰。她们的日记从来都是相互交换着看的。米兰有好长时间没有看她的日记了，她也没有再看到米兰的日记。小菲的嘴里泛起一股浓浓的苦涩，她赶紧喝了一口水。

这些天，小菲唯一可干的事儿就是关在小屋里写日记。她喜欢这种绝对自我的表现形式，无论是激情的或是理智的事件均可记述下来。

她日记的每一页开头都标着“阴天”，那不过是她心境的标志罢了。阳光灿烂，何时有过一丝云彩来着？小菲也是个自尊心极强的女孩子，她的腼腆掩盖了她强烈的自尊心。作为小菲好友的米兰，几乎从来没有察觉到这一点。在整个事件的过程中，小菲确实有点被激怒了。然而她的自制力要比米兰强一些。小菲剖析自己的言行时，的确是方寸大乱。她表现出一种犹疑不定的态度。

小菲拿起笔，灯光尾随而来。

今天，在楼梯口那儿，我没有想到会与米兰撞上，我们一直在竭力回避着，以免造成单独相会的尴尬。我们的关系虽然很紧张，但谁都不愿让第三者察觉，让别人知道那对我们是一种耻辱。米兰对我始终耿耿于怀，并且敌对和仇视的情绪越来越大，大有一触即发之势。在那件事上，只是在后来，我才意识到我犯了一个错误，我没有向米兰解释，更何况在当时我认为我是对的。后来，我想，冷静一下对我们都有好处，但结果适得其反。米兰“呸”了一口，在我意料之中，不那样倒不是米兰的性格了。为什么？为什么？我不假思索地回应了一下。我的一口“呸”没有任何内在的动机呀。如果我不反击，米兰兴许会产生自责之感的；我的回答反而使她的更加愤怒成为合情合理的事儿。噢，天哪，当时我肯定鬼迷心窍了。

“岂止这一次！”小菲心里说。

小菲心乱如麻，思路受阻，她放下钢笔，胡乱往前翻起了日记。

阴天。米兰的虚荣心很强，我始终没有勇气告诉她。女孩子人人都有虚荣心，这算不了什么大不了的缺点。米兰平日待人真诚，乐于助人，完全出于她美好的品德，而不是虚荣心使然。我是她的好朋友，比别的人更能洞察她的心灵。她的虚荣心仅局限于我们两人之间，很狭小，不会给她带来什么。我要不要告她???

阴天。米兰坦率、直爽，但也有粗心的一面。我觉得我对她的了解远甚于她对我的了解。友谊好像一条河流，受阻了，是不是该疏通一下呢？米兰颇自负，有点自以为是，她认为很了解我，随她去吧，但愿我永远不会让她产生陌生的感觉。

小菲合上日记本，突然停电，黑洞洞的夜空里仅有繁星在闪烁。它们善解人意地向小菲微笑。小菲感觉有泪落在她的手腕上。

五

那天，青鸟文学社在开会。开会的主要内容是进行下一届社长的选举活动。米兰是青鸟文学社的社长。她格外醒目，特意穿了一身漂亮的时装。她给每人发了一个纸条儿，好让会员用无记名投票的方式填写文学社社长的名字。她发到小菲的身边时，向小菲笑了一下，小菲也向她笑了一下。米兰充满自信，胸有成竹，认为稳操胜券了。小菲的微笑却是另一种含义，她有自己的想法，在此之前她没有告诉米兰。小菲先前这种意识很微弱，此刻，她突然心血来潮了。小菲飞快地填好了名字。

收票，念票，在黑板上写“正”字。

米兰和小菲的票数并驾齐驱，你多一票，我少一票；然后，我多一票，你少一票。始终保持着平衡的势头。

最后一票了。

那是小菲的票。

米兰突然眉开眼笑，一把抢过那个男生手中的票说：“还是我来念吧！”

米兰心跳得厉害，兴奋得脸色通红。没错，准是米兰的名字，还能投谁的票呢？

打开票，米兰傻了眼儿。

赫然入目：小菲。

米兰几乎使出了吃奶的劲儿，叫了一声“小菲”。

在别人听来，那声音是极其微弱的。

掌声。

米兰的脸色惊愕，难看，扭动，苍白。

她很难受地向小菲做了个祝贺的表示。

米兰坐在最后一排，新任社长小菲开始讲话。米兰简直不敢相信，那是小菲在讲话。小菲慷慨激昂，太出乎米兰的意料了。

六

米兰偷偷溜出了会场，只想找个没人的地方大哭一场。

小菲的日记片段：这是一个充满竞争的时代，机会人人均等。我投了自己一票，我认为没有什么不公平。朋友之间，难道就不存在竞争了吗？尽管这种竞争充满不快，但我想米兰是会理解的。

米兰的日记片段：我不知道“朋友”的“朋”字怎么写。小菲的自私使我一败涂地，她明知我要竞争文学社社长，不仅不帮我，反而拆我的台，太可怕了。如果友谊的另一个名词就是虚伪和欺骗的话，我今生今世也不会原谅她。

小菲的日记片段：我渐渐意识到了事态的严重性，我与米兰的友谊进入了危险期。那时，我的一念之差使我误入歧途。友情中的慷慨、无私、大度、牺牲、奉献的美德被我毁了。既然米兰渴望能够被选上文学社社长，我为何不帮助她呢？更何况我无心参与竞争。天哪，米兰仇视的目光使我没有解释的勇气呀！

米兰的日记片段：对，我一定要扳回面子，风风光光地退役。后天是我与小菲交接的日子，我必须亮出姿态来。是啊，长江后浪推前浪嘛，我这个老将也该把位子让给新秀啦。只要能表现出这种精神，我一样可以傲视她小菲。

七

米兰和小菲一前一后进了会场，发现大家用异样的目光瞧着她们。米兰和小菲很清楚，会员们都知道了她们不愉快的事儿。

小菲大大方方站在台上说：“会员们，今天，我特地澄清一个事实。上一次的选举无效。因为我的最后一票写的是米兰的名字，而她却念成了我的名字，我们是一对好朋友，她这样做无非是想关心我、照顾我，给我创造一个锻炼的机会。我相信，任何一个朋友都会这么做的。下面，我们请米兰安排下个阶段的活动事项。她继续连任社长。”

掌声。大家开始交头接耳。

王全拧住刘明的耳朵：“小子，给我解释清楚，你今天让我来看什么好戏？”

刘明低声求饶：“哥们儿，那天我可能看走眼啦。”

小菲向米兰挑了一下眉毛，一切尽在不言中。米兰当然会意。

是伤痕，结痂了岂不更好吗？

揭开，岂不再历经一次伤痛？

米兰身子轻飘飘的，感觉像在飞，小菲柔和的目光，就像缀在米兰身上的羽毛。米兰不是走上讲台的，而是飞啊飞到讲台的。阳光很好，窗外有很多很多鸟儿在飞吗？

环形跑道

一

我在黑乎乎的校园里跑步，一边跑，一边想着操场上环形的跑道。这个时候如果有月亮的话，一切就更完美了。偌大的校园里，就我一个人在跑步，没有人愿意起这么早。

我更愿意在操场上跑步，如果没有发生那件事的话。四周是一片尖锐的寂寞和宁静。我不愿意被人打扰，更多的时候我像一个奔跑的野兔。

我喜欢环形跑道，因为它看起来像一个虚幻而又完美的圆。我跑着，就能想起曲曲弯弯、隐约起伏的山间小路。在以往的岁月里，我每天都要从这一座山走到另一座山上去，在山间那座简陋的校园门口，我喜欢回望我所走过的路。那条蜿蜒起伏的山路，就像一条白色的丝带在山峦上圈就的一个圆。

校园的灯光昏黄昏黄的，在天没有彻底放亮以前，它们就像病了的月亮的碎片。如果有月亮的话，在环形的跑道上跑步我有一种奇妙的感觉。我似乎感觉到，那个环形跑道就像是月亮的另一个化身，就像是诗人笔下的月亮，就像是被撑得很圆满的月亮。

但是，那件事发生了，我不得不另选择跑步的路线。当然，人都不愿意放弃已经选定的路线。因为最初的总是美好的。但我知道人人心中都有一个圆。

突然，我呻吟了一声，从脚底那儿传来一阵刺骨的疼痛。我像被人猛踹了一脚似的，软绵绵地委顿在地。我说不清是怎么回事，只觉得我的每一根骨头上都长出了尖利的小刺。

我的眼前发黑，我知道，在环形跑道上跑步的时候……

二

每天早晨，我都迫不及待地要去环形跑道跑步，这似乎成了我的下意识活动的一部分。我必须起得早早的，因为从这一座山到另一座山，需要走很远很远的路。在山上，从这一座山遥望另一座山，很近很近，只要你的想象力足够丰富，你可以设想迈开一大步，就能从这座山跨到另一座山上去。实际上，只要你的脚一落在山路上，你就明白你是多么愚蠢了。

圆圆的月亮悬在空中，你听不到一丝的响声。那种静寂就像你走进了一间宽大、黑暗而又隔音性能良好的房间。你想不到别的，你只能听从心灵的隐秘的呼唤：跑跑跑！

在环形跑道上，我必须竭尽所能把全身的力气使完，在第一个跑步的人抵达的时候，我已经在水房里“哗哗啦啦”洗冷水澡了。任何一点动静都能使我受到惊吓。在冬天，我也要洗冷水澡，因为一个健康的体魄是我最最需要的。

我是跑得最好的、最快的，这一点我再清楚不过了。但是，我沮丧的是，每一次班里举行跑步比赛，我总是最后一名。要是周围没有一个人的话……当然这是个愚蠢的想法。在城市里，几乎每一棵小草都能发出人的咳嗽声，几乎每一寸柏油路面上都响着汽车粗重的喘息声。我看不到月亮。

我很意外地在那天跑步的时候，听到了一声惊惊颤颤的喝问声："那……是……谁？"月亮急速地坠落了，我的眼前一黑，一阵剧烈的疼痛使我浑身一软，我软绵绵地蹲在地上。那时，我怀疑是我的哪个关节出了问题。

天慢慢放亮的时候，我看清了那个人因为恐怖而扭曲了的脸。哦，是玲。玲是我们的体育教师。不过，她更像是一个柔道运动员。她的全身像是注入了空气或者水似的，肌肉一疙瘩一疙瘩向外鼓。每一块都像是一颗狰狞的眼睛，或者是一张咬人的大口。我很害怕她，怕得要死。

她见是我，恶狠狠地瞪了我一眼。然后，叉着腿，一跛一跛地走了，很难受的样子。

三

我受到了惊吓，就像一只野兔。我不得不选择另一条跑步路线。我开始沿着校园跑步。我跑步的时候，老想着环形的跑道。有几次，我按照圆形跑道的规则跑步的时候，狼狈地撞在树上，或者墙上。还有一次跑到了路边的常青树丛。每一次我都骤然一惊，似乎不小心掉进了陷阱里一样。

这样的跑步和在环形跑道上跑步的感觉大不一样。我不仅痛苦，而且很疲惫，几乎没有什么乐趣可言。

跑完步，我在水房里“哗哗啦啦”冲冷水澡。特别是在冬天，我把脸盆里的水往头顶上浇下去的时候，会发出特别大的响声。这种声音听起来像是整幢楼的水龙头都没有关似的。

我花费的时间比较长，比在环形跑道上跑完步冲冷水澡的时间要长得多。有一天夜里，有一个男生裹着棉被上厕所，他嘴里骂骂咧咧地说道：“妈的，谁没有关好水龙头，害得我一夜都睡不好觉。吵死人啦。”

他的脑袋在我这儿晃了一眼，鼻子里冷哼了一声。我听见他在厕所里咕哝了一句：“有病啊！”

第二天，好多人在楼道里骂骂咧咧的。后来我看见人们的眼睛古古怪怪的，在我的身后指指点点。被人注视和议论使我感到很难堪。我的身体好像也在发生变化，那些骨头突然消失了，只剩下了可以变形的一堆肌肉。

更要命的是，我在跑步的时候，常常会遇到老鼠。它们在我的眼前肆无忌惮地跑来跑去，好像刚刚开完一个秘密会议，专门来和我作对似的。

任何人都不相信我的话，因为他们从来没有看到过什么老鼠。班主任还找我专门严肃地谈过话，他说：“你的话严重地影响了学校的声誉，我们是省重点中学，而且有关部门还专门普查过，还授予了我们奖牌！”

我噤若寒蝉，就像一棵被露水打湿了的山间小路上的小草。

四

我无缘无故地感觉到膝盖那儿出了问题，我常常是走着走着突然停下来，额头上冷汗潸然。我立一小会儿，才能缓过神来，等待着疼痛像一阵雾似的漫过。更厉害的时候，我就得蹲下来。为了避免被别人注意，我故作轻松地创造出一些假动作，比如在衣兜里翻，好像在找什么东西；或者打开书，装作刻苦好学的样子；或者装作小顽童的样子看地上的蚂蚁。

当然，奇迹也总是在这个时候发生。我看见了月亮，春天夜晚的月亮，很低很低地悬挂在我的头顶，这时候我的所有疼痛感顿时无影无踪。然后，我风驰电掣般飞跑起来。这个时候，我就看不到身后惊诧的目光，听不到喋喋不休的议论了，他们是在谈论和我无关的一个陌生人。

有一次，我的飞跑情景被玲看见了。她死鱼一样的眼睛死死盯着我。她找到了我，在她那间芬芳四溢的办公室里，她温柔地抚摸着我的头顶。我吓得一哆嗦，喉咙里发出只有狗袭击人时才能发出的吼叫声。我从来没有让女性抚摸过我。因为我的母亲在我出生时就已经去世了。她亲昵地抚摸着我，我有点害怕，怕她会猛然捏碎我的脑袋。

她的眼睛里发出奇异的光芒，她说要我代表我们班参加全校的千米跑步比赛。“不不不……”我想竭力摆脱她的手，但她不容分说，硬把我拉了过去，在我的前额上吻了一下，说：“亲爱的，你行!!!”

我好像掉进了一个大冰窟窿里，浑身冷透了。没有星星，没有月亮，我孤独无助地站在山顶上，遥望着黑得不能再黑的天空。

我参加比赛的结果不言而喻，又是最后一名。我差点哭了。这不是我，我知道我是最好的，最快的。玲的肌肉像充进了更多的水和空气似的，她两手叉腰，恨恨地看着我。

我小声在心里说："这不是我的错，你错了，所有的人都错了。我没有看见月亮，没有月亮的照耀啊。"我想哭！

那天夜里，我破例在人们熟睡的时候，沿着校园跑了一圈。它破坏了我的晨跑的习惯。我没敢冲澡，浑身汗腻腻的，发出一阵阵汗的咸腥味儿。

五

我常常有奔跑的欲望，可是我不得不压抑自己。因为，我怕被别人视为不正常。在山间的小路上，就远不是那么回事。即便是阳光灿烂的白天，我照样可以疯狂地奔跑。蝴蝶、蜜蜂，还有天空的小鸟，它们和我一起奔跑，我在领着它们奔跑。灿烂的心因为奔跑而更加灿烂，就像一朵花不得不开放。

我喜欢圆，喜欢月亮。在环形跑道上，你的身子永远向内侧着，就像你在向你的梦依靠过去一样。现在我不能去那儿了，那天和玲的遭遇使我受到了惊吓。这样，我就偏离了自己的轨道。有时候，我感觉自己像喝醉了酒似的，摇摇晃晃，茫然失措，因为我不知道我要到哪里去。前方看不见月亮了。

我想起了在山路上上学的一个场景，有一次，在我的脚下，我踢到了一块石子。因为脚尖感觉不到硬和痛，所以我特意蹲下来看了一眼那石子，结果发现这是一枚松果儿。我欢欣鼓舞地捡拾起来。松果儿，松果儿，你的里面埋藏着多少秘密呢？你是飞禽还是走兽衔到这儿的？这个偶然的发现使我快慰异常。

就在我侧脸的一刹那，我看见了月亮。我要跑要跑……我飞快地奔跑起来。月亮在前方，在前方……当我跑到操场环形跑道那儿时，我停住了脚步，可是，我的心还在“怦怦”跳个不停。我停住了。心里却还有一个小人在奔跑。

我有说不出的欢喜，奔跑的感觉使我尝到了甜蜜的滋味。

因为，我看见了一个人，一个和我同龄的女孩。她坐在小树林一条条椅上。她洁白的连衣裙被微风吹拂着，微微摆动。在她的裙子上摆着一本摊开的书。她向我笑着。

天哪，她的笑就像山丹丹那样迷人。她一定注意我很久了，她一定知道我所有的秘密了。她洁白的牙齿仿佛吐出了几个春雷般的字眼：你是最好的！你是最棒的!!你是最快的!!!

长久以来，这个女孩的一切就在我的梦中。她和她丝丝入扣，分毫不差，这是惊鸿的一瞥，我已经看得清清楚楚了，她的轮廓、酒窝、长发……和我梦中的女孩一模一样。她有一张月亮的脸。

我一定是发疯了。在白天，我也沿着校园跑开了。所有的人都惊诧不已。从来没有见过跑这么快的学生……他叫什么名字，是哪个班的……玲死鱼一般的眼睛突然有了活力。她和我相遇了好几次。

后来，她又破例让我代表全班参加学校的跑步比赛，参加区上的、市里的……我一路跑过来，全部拿了第一名。玲很高兴，她把这一切视为她培养的结果。因为，在每一次参加比赛之前，她都要给我讲跑步的要领，都要给我说一些鼓励的话。

我沿着校园跑步的时候，每一次都能看见那个女孩。好像她能听见我的脚步声，好像她的眼睛每时每刻都在盯着我。她在朝我微笑，似乎说："加油啊，加油啊，我知道了!!!"

六

我很羞怯，每一次都想走近那个女孩，但我又没有勇气。如果是在山间的小路上，我会毫不迟疑地走向她。然后，和她亲切地交谈。而我最想和她谈的就是：月亮。

月光如水的感觉只能在山上，只能在静谧的春天的夜晚。空气不冷又不热。你能听见种子在土层下面发芽的声音，能听见大树拔节的声音，能听见身体内血液流动的声音。那份盈满快乐的充实和孤寂，就是一只小虫子探头探脑扭动身躯的声音，你也能听得见。

哦，月亮，月亮!

但是，这是在校园内，在城市的校园内。重重的干扰使我不能怀着那样洁净的心情走近那个女孩。也许在某一刻，我突然找到那份春天夜晚般的感觉，我会义无反顾、情不自禁地走向她。我惶惑不安，一次次在她的周围盘旋。终于有一天，我慢慢靠近了她。

她笑着，我听见了那无声的鼓励。她说："来吧，来吧，我等你等了很久!!!”

我踩着厚厚的落叶，走在一片森林之中，就那样软绵绵地、缓缓地走近了那个女孩。

我用颤抖的声音说：“你……好!”

女孩欢快地说：“你好!”

因为激动，摊在她裙子上的那本书掉在地上了。

我慌忙捡起那本书，小心翼翼地递到了她的手中。她就像想要和我握手似的，猛然抓住了我的手。哦，她是那样激动。我像被电击了一下，我的手哆嗦起来。

女孩害羞了，急忙从我的手中把她的手抽走了。她的脸绯红。

女孩往旁边移了移，给我腾出了好大一块地方。我坐了过去，但我闻到了一种熟悉的、淡淡的香味。那是山花开放时的味道。

我没有看那个女孩。我望着小树林高大的白桦树。我自言自语：“月亮很美。”

女孩用梦呓一样的声调说：“很美很美!”

我说：“你每天都在这儿看书吗?”

女孩说：“是的!”

我说："你看见我跑步了吗？"

女孩说："看见了，你跑得快极了。你是最好的，你是最棒的，你是最快的！"

起风了，很大的风，没有一点预兆。女孩一哆嗦，手里的书又掉在了地上。我几乎搞不清楚那时有没有风，反正我摇晃了一下，碰着女孩的身体了。

七

记不清有多少次这样的细节和重复了。终于有一天我发现了一个天大的秘密：女孩是一个盲人。她在摸索掉在地上的书时，我发现了这个秘密。

我的眼泪掉了出来。

女孩说："我很渴望有一间小屋，山上的小屋，抬头就可以看见月亮。"

我说："哦，这不难做到。你已经拥有了。"

女孩热切地说："是吗，是吗，我说过我已经有了，可是别人都不相信我。你相信吗？你能看见月亮吗？"

我说："能，我看见了！！！"

女孩说："谢谢你，你是来我小屋做客的第一个朋友。"

我突然看见女孩手里的是一本诗集。我抹掉眼泪说：“哦，对了，你能给我朗诵一首诗吗？”

女孩说：“好啊，好啊，我给你朗诵。”

我就要动身走了，去茵纳斯弗利岛，
搭起一个小屋子，筑起泥巴房；
支起九行芸豆架，一排蜜蜂巢，
独个儿住着，树荫下听蜂群唱歌。

我就会得到安宁，它徐徐下降，
从早晨的薄雾落到蟋蟀唱歌的地方；
午夜是一片闪亮，正午是一片紫光，
傍晚到处飞舞着红雀的翅膀。

我就要动身走了，因为我听到，
那水声日日夜夜轻拍着湖滨；
不管我站在车行道，还是人行道，
我都在心灵深处听见这声音。

女孩的脸上慢慢露出了幸福而又神往的表情。书本从她的手中滑落了。她站起身，用手指着天空说：“你看见了吗？好大好大的一轮月亮！”

我说：“看见了看见了！”

女孩说：“你哭了吗？”

我说：“没有！你听见的是露珠落地的声音。”

八

我又重新在环形跑道上奔跑起来。每天，一切都在梦中的时候，我就开始跑步了。

玲站在环形跑道的中心，嘹亮地喊着口令。突然之间，她变得苗条无比。这日月的变化无奇不有，使我终于相信没有什么是不可改变的，没有什么是不可以突变的。

那个女孩站在操场的铁栅栏那儿，挥动着洁白的丝巾。

我又看到了月亮，满天的星星……

她用世界上最美的声音喊道：“你的信，你妈妈从天国寄来的信。”

于是，我跑我跑我跑……向着月亮跑去……

月儿上林梢

月儿温柔地挂上林梢，小院便沉浸在一片静谧之中。

晓月支着身子，呆呆地望月。

她喜欢被妈妈擦得一尘不染的玻璃，那块小小的玻璃。晓月的心思妈妈最清楚，母亲不点破就是了。母亲擦呀擦，把晓月感动和温暖的泪水擦得“咕嘟咕嘟”往外冒。

“妈，别擦了，玻璃干净着呢!”

“没事儿，这又累不坏人。”

老槐树上的乌鸦不知上何处聒噪去了，晓月不无快乐地想。山月高挂，明星闪烁，夜色真美。美得让晓月忧伤，晓月迷惘的目光穿过宁静的夜色……

“晓月，你不懂。该你知道的事儿妈会让你知道，不该你知道的事儿最好别问。”母亲责备晓月。

“我十五了，不小啦！”晓月赌气说。

母亲笑了：“哟，不小啦，不小啦，我女儿出落成一个大姑娘了。不过，脾气得改一改哟，不然将来嫁不出去。”

“我不嫁我不嫁，我要守着妈妈，看有人敢欺负妈妈不！”晓月捂着耳朵尖叫。

“唉，你这孩子……”母亲幽幽地叹了一口气。

那天，晓月的父亲多喝了几杯酒。

几杯酒之后，晓月的父亲美滋滋地说：“晓月长得越发像她父亲了。”

母亲说：“老头子，你喝多了，赶快到里屋躺一会儿。”

父亲摆摆手：“没醉没醉，晓月是愈来愈像他从前的父亲了。”

晓月听得真真切切，十五年了，晓月第一次听说她还有另一个父亲。

晓月身子软软地靠在墙壁上。她脑袋里乱糟糟的，像塞满了杂草。

“晓月晓月，你爸爸在骗你呢。你还不知道他的德行吗，喝几杯黄汤就胡说八道了。”母亲使劲推搡着晓月，竭力想说服晓月相信她的话。

晓月很不自然地对母亲挤个笑脸，装作若无其事的样子走到了屋外。

一月如钩，钩出了晓月的千头万绪。

有几次，晓月不是听不明白父母的对话吗？母亲朝父亲挤眼色是什么意思？他们在合伙儿欺骗她，不让她明白事情的真相。她曾经有过一个父亲呀！晓月泪水潸然：“爸爸，你好吗？”

那次父亲醉酒之后，晓月的意识中有了另一个父亲。眼前这个可爱的父亲渐渐模糊了，遥远的那一位父亲，正在向她走来。晓月对着镜子看呀看，想看出父亲的形象来。晓月像她先前的父亲。“他一定高大英俊，慈眉善目。”晓月怔怔地想。

先前的和谐氛围轰然崩溃，母亲对晓月说话总是很不自然，似乎做了什么亏心事。起初，晓月对眼前这位继父有点反感，后来演化为憎恶甚至敌视。这一切都得有个过程，然而过程完成得也太快了。晓月觉得父亲在她面前虚情假意，一切都像在演戏。

那天，父亲下山回来，特意给晓月买了一套《安徒生童话全集》和一本《夏洛的网》。

父亲兴奋地说："晓月，看爸爸给你捎的书！"

晓月轻描淡写地说："我最讨厌这两种书了，都看腻了。"

父亲很尴尬，不知所措地说："不是你要我给你买的吗？"

晓月说："我说过吗？我记不起来了！"

母亲斥责晓月："晓月，你太过分了。你怎么可以对你父亲这样。"

晓月说："好，我不喜欢爸爸买的书，很简单。"

晓月对抗父亲，捎带了母亲，她做完之后心里空荡荡的，直想哭。

晓月抱着老槐树，用手轻轻抚摸着树皮。

"月月，回家吧，外面凉。"不知何时，母亲悄悄站在晓月的背后。

母亲喊晓月的乳名，让晓月怦然心动。她偷偷抹去泪花，说："好，我知道了，你先回吧。我们老师布置了一道作文题，叫《今晚的月光很美》。我得在外面好好观察观察，不然，作文没法写呢。"

母亲说："好好，早点进屋，啊！"

母亲走后，晓月仰脸又在望月，今晚月亮弯弯的，如一把镰刀。

晓月转身，发现母亲的脸庞贴在那块小小的玻璃上，目不转睛地望着自己。晓月心头热乎乎的。

屋里，烟雾弥漫。

晓月刚进屋，母亲就开始数落父亲："你少抽点好不好，咱月月能受得了吗？"

父亲慌忙掐灭烟头，敞开窗户，用扇子不停地往外赶烟。

晓月说："我睡了，明天还得上学呢。"

其实，晓月没有一点儿睡意。月光透过玻璃，洒在晓月憔悴的脸上，父母以为晓月已睡熟，他们开始聊天。

母亲说："都怪你，谁让你喝黄汤。"

父亲说："瞒得了初一，瞒不了十五。这种事情，月月迟早会知道的。月月现在已明事理，有些事儿该让她知道了。”

晓月屏住呼吸，伸长了耳朵。

母亲说：“月月瞅着你别扭哩！”

父亲说：“我看得出来，人之常情嘛。”

母亲说：“你受屈啦？”

父亲说：“你看看，老夫老妻的，还来这个。好像我不把月月当亲生的女儿一样。”

母亲说：“咱月月脾性变了。”

父亲说：“女大十八变嘛，不奇怪。”

母亲说：“我跟女儿开不了口哩。”

父亲说：“这有啥，照直说呗。唉，真可惜，月月从没见过她亲生的父亲。他父亲呢，也没见过亲生的女儿。”

母亲说：“那倒好，刚有了月月，就撒手西去，自个儿享清福了。我们孤儿寡母的，怎么过？十五年啊，要不是咱们搭了个伴儿，我真不知和月月怎么过呢！”

晓月忍不住咳嗽了一声，父亲和母亲惊慌地吹熄了油灯。

一月清新，凉凉地爬上了晓月的脸。

晓月望着窗外的老槐树，不知怎的，她竟认为那株树就是她父亲的幽灵。他站在那儿，也瞅着晓月，似乎在问："月月，你继父对你好吗？"

晓月用牙齿咬着被角，轻轻点了点头，眼角滴出两颗很大的泪珠。

晓月脸贴在玻璃上，望着窗外的老槐树。

"月月，"母亲叫她，"我想和你唠唠。"

"唠什么呢？妈妈。"

"你先前的父亲！"

晓月挨着母亲坐下。

母亲拿出一块手帕，抹了抹眼角。母亲说："我跟你父亲是别人介绍的，我们认识不到半个月，就结婚了。怀你六个月时，你父亲上山去打猎，想给我补一补身子，不料从悬崖上摔了下来，当场身亡。要不是你现在的父亲帮着找回来，你父亲的尸骨我们恐怕都见不着。"

"妈妈，我父亲在哪儿葬着呢？"

"就在老槐树下。"

"你不是说那儿葬的是我爷爷吗？"

"孩子，那是骗你呢。那时，你还小，我们不想把这个不幸告诉你。"

“就这么简单吗?”晓月有点失望。

“你父亲是个好人呐，就是命不好，妈妈的命也不好。天灾人祸，没有办法呀。”

“为什么要把我父亲葬在老槐树下面?”晓月想多知道一些和父亲有关的事情。

“那是你现在父亲的主意。他说，离远了你父亲的亡灵会觉得孤独。你父亲仍然是家庭里的一个成员。他可以看见我们母女俩呀。”

晓月恍然大悟。以往清明，父亲和母亲带她在老槐树下上坟时，父亲总会喃喃低语：“你放心，我会好好照顾她们母女俩。”然后，父亲让晓月点燃三炷香，恭恭敬敬磕三个头。

那是一种虔诚的仪式啊。

母亲把玻璃又擦一遍。晓月这才明白为什么母亲擦得总是这么认真卖力，那是让晓月能更清晰地看到父亲。

月儿上林梢，蟋蟀“嚯嚯嚯”地叫着。

睡梦中，晓月梦见了父亲。父亲就是继父，继父就是父亲。他俩的影子重叠，晓月看不真切了。

晓月突然被父母的谈话声惊醒。

“哟，打了三只野兔。”

“今天运气好。咱月月近来瘦了许多，我们给她好好补补。老婆子，你打点热水来！”

“哎，小声点，别惊醒月月。”

晓月使劲搂着被子，一股暖流充满周身。那种温暖的、幸福的感觉又回来了。晓月的嗓子像塞了团棉花，鼻子酸酸的。

月光如水，漫过晓月的睫毛和头发。晓月打个哈欠，伸个懒腰，就睡在那片小小的月光湖里。

在乡下

在乡下，一切有生命的东西都是按照一定规律循序渐进生长的。犹如日出日落，四季的更替，平静的田野的喧哗。它们按部就班地运行，不急不缓，以表示对生命的本质和规律的尊重与依恋。

琼儿取出一个小凳子，放在小小的花圃前。她坐在小凳子上，身子略微前倾，两手托着腮，静静地凝视着那些茂盛、鲜艳的花草。很久以前，她记得曾与几个同伴进过村里的照相馆，那个陌生的、外地的青年给她摆弄过这种姿势。当时，她既新奇又羞怯。

母亲说她的姿势难看极了，一副老气横秋的样子。

水红花子、薄荷草、凤仙花、向日葵……花圃里的花儿尽是乡下司空见惯的，它们犹如星子一样散布在乡下的角角落落里。琼儿把它们移植在自己的小院里，别有一番风韵。把它们聚拢在一块儿，就显得与众不同了。似乎乡村所有的美在聚会，在举行盛大的庆典。

水红花子高高大大的，亭亭玉立，那分清秀有点像南方植物。它的花蕊小小的，上面有几只蜜蜂在喧闹。那些羞涩的嘴唇，从不肯轻易张开；张开了，还像闭拢着。琼儿的目光掠过水红花子的顶部，看见了青砖砌成的围墙，围墙上面爬满了豆角、青藤和南瓜的枝蔓。它们攀缘而上，快活地向墙外爬去。温和的阳光落在那些绿色的枝叶间，腾起一股股绿色的细浪，它似乎在怂恿它们：走啊，伙计们。

琼儿想起了母亲……

那时，母亲站在空旷而又荒芜的院子里，骄傲而又快活地说："院子里可以种一些花呀草呀什么的，像城里人那样。"

琼儿很高兴，她是个女孩子，对那些花呀草呀的有一种天生的热爱。她热切地说："好啊，我们一块儿干吧，妈妈！"

琼儿急切地诉说着她的想法，这儿种什么，那儿栽什么，她比比画画，指指点点，沉浸在自己的快乐的遐想之中。

母亲沉默着，琼儿发现母亲心不在焉，对她的话语充耳不闻。琼儿的情绪一落千丈。

也许母亲仅仅是说说而已，那是她心血来潮时的一个奇妙的想法，母亲并不打算付诸行动。很明显，母亲的脸部背对阳光的部分有一些苦恼的事情。琼儿不能理解母亲此刻的感受，但她觉得母亲正为什么事儿困扰着。

琼儿没事的时候，采一些新鲜的野菊花，放在盛满清水的玻璃瓶子里。灿烂的野菊花放在她的床头，散发着淡淡的清香。她偶尔心醉神迷地嗅一嗅，察觉野菊花的芳香里还有一缕若隐若现的苦涩。她皱了皱眉头，这个微小的动作被母亲发现了。

母亲说："所有的花儿都蕴藏着苦涩，有的淡些，有的浓些，别在意！"

琼儿的眉头舒展开了，母亲的宽慰打消了她心头的沮丧懊恼。

有一次，母亲在院子里摘豆角。

母亲抬起头，环顾着空落的院子，说：“是该种植一些花草的，我们不能让这大片的空地闲着。”

琼儿没有接茬，只是奇怪地注视着母亲。她听妈妈的自言自语有很多次了，她觉得种花种草并不是母亲的本意。母亲在想着另外一些事情，可能种植花草仅是她的一种寄托。

母亲有时很亲昵，亲昵得让琼儿感动。有时又不可思议，让琼儿颇费猜疑。比如说，琼儿的野菊花和瓶子不翼而飞，她问母亲时，母亲冷冰冰地说：“没看见。”不可能啊，父亲远在城里，家中只有母亲和琼儿，母亲居然能够一无所知？琼儿的询问有点咄咄逼人，她没想到惹怒了母亲，母亲大发雷霆，狠狠地臭骂了琼儿一顿。

琼儿非常委屈，在夜里，她捂着被角偷偷地哭了。

母亲和颜悦色地说：“琼儿，别难过，都是妈妈不好，我不小心碰碎了花瓶。”

琼儿抽抽搭搭地说：“那你为何要骗我？”

琼儿一千个不相信，她仔细在垃圾堆里寻找过了，连一粒玻璃渣都没发现。

母亲在撒谎。

母亲说：“好啦好啦。明天我们开一个花圃。”

琼儿扭过身子，倾听着院里蟋蟀的鸣叫，母亲的话像窗外的微风一样，没有一点分量，琼儿不信。可是，母亲总算作出了让步，琼儿不再计较了。

琼儿想：“母亲变了。”

琼儿家的大门敞开着，一眼就可以看见村子的大路。

母亲在院子里捡种子、淘菜、做针线活儿，老是一副心神不定的样子。母亲常常会停下手中的活儿，怔怔地向门外望去。琼儿的脚步声和母鸡下蛋的“咯咯”声，都不能惊醒母亲的沉思。有时，琼儿喊几声，母亲才缓缓地转过头来，冷冰冰地问琼儿：“怎么啦？”

母亲的恼怒和怨恨使琼儿有点发怵，琼儿支支吾吾地发窘。刚才她想说什么来着？母亲的表情搅乱了琼儿的思绪。

“母亲不喜欢人打搅哩。”琼儿想。

那一天，村里管送信的焦大哥送来一封父亲的来信。母亲两手在裙子上擦呀擦的，擦干了手上所有的水珠，才小心翼翼、满心欢喜地接过信。母亲的脸庞正朝着太阳，阳光清晰地照射着她柔和而又充满光辉的脸，那些细小的、黄色的脉管欢快地蠕动着，似乎在吐露着她内心的喜悦。

琼儿恍然大悟，噢，父亲很久没有来信了。她发现了母亲喜怒无常性格后面的秘密。

琼儿说："妈，爸在信里说了什么？"

母亲说："好消息，你看看，琼儿。"

父亲在信中说，他给单位的领导打了一份申请，想解决全家人两地分居的问题。父亲是工厂的技术骨干，每一年都要给家里带回几个鲜红的荣誉证书。琼儿和母亲为此兴奋不已，她们为那些来之不易的证书和荣誉感到自豪和骄傲。母亲在夏天买了一些樟脑丸，和那些证书放在一起，母亲说："虫子不敢捣乱啦。"

父亲在很远很远的都市工作，那是人人都梦寐以求的城市。琼儿想象过那儿的繁华和美丽，但她远没有母亲那样迫切。母亲的一生，似乎都在等待着这一天。琼儿就没有母亲那样激动了。她遥望着村庄、房舍、树木、蓝天和白云……

熟谙的一切，离开它们反而让她感到莫名的忧伤和惆怅。她对遥远的城市几乎是怀着陌生而又惊惧之情的。尽管有一个挚爱的父亲在那儿等她，可与她熟稔的乡村相比，又多么微不足道呀。

不过，她和母亲一样，喜欢父亲的远方来信。父亲的来信，犹如一粒五彩斑斓的鹅卵石，投在乡村这片宁静、清澈的大湖里了。琼儿和母亲的喜悦和快乐，便是荡漾开来的美丽波纹。琼儿深深地吞进一口清澈、略带湿意的空气，这些空气在她的肺部徐徐地循环，使她感到惬意和舒坦、依恋和迷醉。

“爸爸，多来点信给妈妈吧！”

琼儿在心里大声呼唤。

琼儿家的房屋宽大而陈旧，红砖青瓦，因为年代的久远，这些建筑材料几乎失去了它们的本色。父亲工作多年，但没有更多的积蓄，一直无力翻修它。

青瓦上布满了绿色的苔藓，还有一些青草。院子里有几株枣树，枣儿熟透时，琼儿架着梯子上过房顶。有几棵枣树的枝条沉甸甸地依偎在青瓦上。

琼儿抚摸着圆润、光滑、紫红色的枣儿，心中有说不出的快慰，她甚至不忍心吞下它们。它们像坚实的梦想一样，带给琼儿甜蜜和温暖。有时，她无法理解自己的感觉，那与众不同的感觉。村里人都知道琼儿一家快走了。

有一次，几个女同学和琼儿谈起了关于城市的话题，琼儿说："还是乡下好！"

她真诚的话语招来了白眼和不满，她们像打量着天外来客一样盯着琼儿。那是不信任的、足以让琼儿感到羞愧的目光。

"就是嘛，我说的实话。"琼儿固执而又小声地说。

琼儿感到有点害怕，好像人人都在排挤她。她像个城里来的观光客，大家一下子疏远了她。琼儿的心里很委屈。

她多么不愿那一天变成不容置疑的事实呀。瞧，这个心口不一的人儿。她能想象那一天到来之际，她的几个同学的窃窃私语。父亲的来信犹如寂寥的雨声，很少。

母亲又显得心事重重，她无缘无故地冲琼儿发脾气。母亲神经质地在院子里转圈圈，有时还说一些怒气冲天的抱怨话："我受够了，我受够了。没有能耐的家伙，想耗我一辈子呀。"

琼儿躲得远远的，她怕自己会成为母亲的发泄对象。琼儿觉得母亲像一只困在笼子里的野兽，随时都会咬人。

她听到母亲诅咒父亲的话，心里十分难过。她替父亲不知道这一切而懊恼，但是，琼儿又不想告诉父亲。很显然，父亲也陷在巨大的苦恼之中。

父亲的来信很少，但有。他的每一封来信，都像导火索一样，只能燃起母亲更大的火气。父亲所在的工厂效益日趋低下，好几个月没发工资了。目前，工厂里正在大量裁员。琼儿替父亲担忧，因为母亲不肯接受这个现实。

父亲的信笺上浓重的酒气和烟味儿，使琼儿不得不捏着鼻子，将信放得远远地读完。琼儿的鼻子酸酸的，几乎想哭出声来。父亲一个人生活在那个城市里，孤独、凄苦，眼下又忧心忡忡，做女儿的一点忙也帮不上呀。琼儿已经在电视里熟悉了“下岗”这个无奈的字眼，她有足够的心理准备。

琼儿忙忙碌碌地准备着，她的花圃已绿意盎然了。母亲对她的忙活不闻不问，视若无睹。

一个月光很好的夜晚，琼儿伏在床头上给父亲写信。风儿轻轻地吹着，月光清晰地映在白色的窗纸上，那些枣树细碎的叶子在窗纸上摇曳。蟋蟀此起彼伏地鸣叫着，像在举行快乐的音乐晚会。

亲爱的爸爸：请回来吧，回到乡下来。我和妈妈都盼着你回来！

我种了一个小小的花圃，那些花草长得很茂盛。这是我献给你的礼物。

琼儿写到“妈妈”一词时，略微沉思了一会儿，才决定添加上去。她想：“这是对父亲的一种安慰，也可以促使父亲早下决心。”

母亲走了，和一个男人进城去了。

临走前，母亲交给琼儿一样东西，托她转给父亲。

琼儿禁不住好奇心的诱惑，打开来看了。琼儿不看则已，一看差点没昏过去，一种屈辱、失落、痛苦的情绪涌上心头。

她哭了，伏在枕头上痛快淋漓地大哭了一场。

那是一张离婚协议书。

母亲义无反顾地走了，甚至连一句关怀和告别的话都没给琼儿留下。母亲的无情和冷酷激怒了琼儿，她找到毛巾，抹去了脸上的泪水。

“我不哭，我不哭，有什么好哭的呢？”

琼儿提着小喷壶，给她的小花圃浇水去了。她同情父亲，可怜父亲，他对家中发生的一切还一无所知呀。他能承受得了打击吗？他能接受残酷的现实吗？不，还是不要告诉他这一切吧。

琼儿给父亲写信，总是在宽慰父亲，末了总忘不了添上一句“家中一切均好，妈妈问你好”。琼儿忍着巨大的悲痛给父亲写信，生怕控制不住自己的泪水，更怕父亲从中嗅出蛛丝马迹。

琼儿的信给了父亲不少宽慰和鼓励。父亲戒了烟和酒，而且，回信中热情洋溢，充满了快乐和幸福。父亲说，离家好多年了，想念那儿的一切。真的，好想回到乡下去。父亲乐意谈他的工作、城市、生活，这是这么多年来没有过的奇迹。父亲还问到了枣树，琼儿的学校，以及琼儿的校长。校长曾是父亲的班主任。

父亲浓重的怀乡情绪使琼儿欣喜异常，父亲回到乡下已成定局，只不过需要一些时日罢了。琼儿把家里收拾得井井有条，她要让父亲看到母亲离开后家里依然如故。她怀着坚定的信念，耐心地等待着父亲的归来。她向父亲撒了谎，就要有勇气承担料理家务的责任。随着时间的推移，她对母亲抱有的刻骨铭心的恨意也慢慢消失了。似乎母亲从来就没有存在过，母亲只是她久远的梦幻。

花圃日益繁茂，蓬蓬勃勃了。

琼儿给花草浇完水后，就坐在花圃前静思默想，和那些花草默默交谈。

凤仙花开了，那是乡下极普通的花儿，又叫指甲花，可以染指甲。薄荷草长在河边，味道浓郁极了。向日葵喜欢沙地，永远追逐光明。蒲公英开在马路边，野菊花长在田埂上……乡下零散的美丽，全部在琼儿的花圃里摇曳。蜜蜂、蝴蝶在花圃里翩翩起舞，啜饮着美丽和芬芳。天空湛蓝湛蓝的，飘荡着几片柔和而又洁白的云朵。

琼儿骤然一惊，她听见了一种声音。

哦，陌生而又熟悉的、犹疑而又坚定的、焦灼而又欣喜的脚步声，远远地传来了。是父亲，是父亲……

琼儿热泪盈眶，像雀儿一样欢快地向门外奔去……

蝉鸣声声

一

“吱……”

嘹亮的蝉鸣在罗小庆的耳朵里回荡，他苦恼万分地摇摇头。爸爸在另一个房间喊他。

他抱着脑袋，向爸爸的房间走去。妹妹小毛在后面大喊“抱头鼠窜”，小毛刚刚学会这个成语，她很快就学以致用了。

爸爸和妈妈在那儿等他，他们在房间里已经嘀嘀咕咕了好长时间。

爸爸说：“我和你妈妈要去深圳。”

爸爸意味深长地盯着他，摁灭了手中的烟蒂。那只烟蒂像只垂死的虫子，冒着最后的烟缕。爸爸说："你是知道的。"

"哦，这么快。"罗小庆略微有点惊讶。

爸爸和妈妈的工厂犹如一棵被虫子蛀空了的大树，轰然倒下了。那些日子，爸爸和妈妈天天往人才交流中心跑。那个地方在公园和广场的交接处，罗小庆放学路过那儿看到过爸爸和妈妈的身影，他们夹杂在拥挤不堪的人群中像是树上的两片很普通的叶子。罗小庆喊了几声，嘈杂的声音和密密的人流挡住了他微弱的喊声，爸爸和妈妈没有听见，他们很快消失在人流里。

爸爸和妈妈要去深圳大伯那儿找工作，他们天天合计着动身的日期。他们告诉罗小庆去深圳的意思后，罗小庆满心欢喜，他希望父母能带上他和妹妹小毛。爸爸为难地说我们商量商量，他们商量的结果是让他留在家里照顾妹妹小毛。爸爸给他讲了很多理由，他一句也没听进去，他甚至有点不耐烦了。

他坐在床上，一个劲儿掏耳朵。耳朵里的蝉鸣声像一把尖利的锥子，肆无忌惮地在那儿捅着。

妈妈说那是上火了，多喝点白开水就会好的。空气像拧干水分的枯草一样，燥热难耐。这是一个倒霉的夏天。

“哥，快来呀！”妹妹小毛在另一个房间娇气而又固执地喊他。他皱皱眉头，心想：“这个鬼丫头在玩什么新的花样。”

罗小庆大口大口喝水，胃里盛满索然无味的白开水。一走路，肚子就发出“咕嘟咕嘟”的怪响。水喝多了，就变成了一种药味儿，苦苦的。他望着杯子发呆。

妈妈是他的后妈，妹妹小毛是后妈带来的。罗小庆感情上总是别别扭扭的，他曾有过一个贤惠、美丽的母亲。

“来啦来啦。”罗小庆回答妹妹。

“别告诉你妹妹真相，你就说爸爸和妈妈走亲戚啦，三两天回来。啊！”爸爸说。

爸爸和妈妈交换了一下眼神，妈妈复杂、忧郁的目光，只有爸爸才能读懂。

爸爸把小庆搂在怀里，慈爱地抚摸着他的头说：“哈，长这么高了，已经长成一个小小男子汉啦。哎，你要让着妹妹一点哦。”

罗小庆扭动了一下身子，他的耳朵里响起了该死的蝉鸣。他不乐意，一百个不乐意，爸爸怎么也向着那个黄毛丫头。

罗小庆的眼圈儿红了，一肚子的委屈像开水一样翻腾不已。大怎么啦，大就该被妹妹当马骑，就该帮她脱鞋子脱袜子，就该陪她上厕所……她做了错事而让他背黑锅吗？

“哥，我的小泥人饿啦，快给他弄点吃的。快点。”妹妹尖声尖气地喊。

“噢!”罗小庆像小野兽一样号叫了一声。

妈妈叹口气说：“小毛太淘气了，她不听话你别客气，你越宠她她就越刁蛮。”

罗小庆心里想：“妈妈是做样子给我呢，假惺惺的。我要真是动小毛一根汗毛，妈妈绝不会和我善罢甘休的。”

“叮叮叮，当当当，嚓嚓嚓，哗哗哗……”罗小庆口里模仿着洗菜、切菜的声音，模仿着做饭的动作，给小泥人弄吃的。妹妹小毛开心地笑着，也在一旁跟着瞎忙活儿。

爸爸和妈妈笑眯眯地站在门口，他们站在门口看了很久。罗小庆不满地盯了妈妈一眼，他觉得妈妈是在监视他。

“吱……”罗小庆的耳朵又响起了蝉鸣之声。它总是出其不意地鸣响，不给罗小庆一点准备的时间。“咕咚咕咚”，罗小庆往肚子里灌了一杯水。“哎呀，你在干吗？”罗小庆问妹妹小毛。

小毛的小脑袋贴在他的肚皮上，嘴角上挂着得意的微笑。

“嘘！”小毛竖起一根指头。

“啊，我在听水怪唱歌哩。”小毛的小手抱着他的双腿，摇啊晃啊，罗小庆有点站不稳了。黄毛丫头的力气还不小呢。

“松手松手，水怪出来啦！”罗小庆吓唬小毛。小毛赶紧松手，“噔噔噔”跑出老远，惊恐地瞅着罗小庆的肚子。

罗小庆心里有点得意，哼，收拾你还不是鸭子吃菠菜——小菜一碟嘛。

二

罗小庆醒了，他是被窗外打奶的吆喝声惊醒的。

屋子里静悄悄的，静得让他有点隐隐不安。

他们走了，他们几乎带走了这个家中熟悉的一切。他们像一棵大树，罗小庆和妹妹是大树下面的两根小草。树冠、浓荫、安全感、平静感……统统消失了。

妹妹小毛躺在床上，翘着二郎腿，手里捧着一本《七彩葫芦兄弟》的画册，口中念念有词。

“打——奶，打——奶。”悠扬的打奶声赶跑了罗小庆的困意。哦，该给小家伙打奶了。他一骨碌从床上爬起来，走到厨房寻找盛奶的小铝锅。

“哥，哥，你干啥去呀?”妹妹小毛跟着跑了进来。

“哥，你给我去打奶，是不是？你上楼小心一点，别摔了；你不要把奶洒出来啊。”妹妹小毛像个小大人似的，喋喋不休地提醒罗小庆。他有过一次摔跤的经历，有过一次洒奶的经历，两次都是在楼梯之间发生的。

“记住啦。”罗小庆不高兴地说。其实，如果不是担心小家伙会无休无止地唠叨下去，他才懒得理她呢。

他端着小铝锅，心里挺自豪的，这是他给妹妹小毛干的第一件事儿。他想起妈妈忧心忡忡的眼神，感到非常可笑。心想：“我还照顾不了这个小人吗?”

小毛两手抱在怀里，像个小明星似的，无限陶醉地说：“我最爱喝奶了。”

死妮子，嘴巴像块口香糖一样，甜得使人发腻，怪不得妈妈把她当心肝宝贝呢。

楼下卖奶的人一拨一拨的，他们都是附近的农民。他们推着自行车，车上挂着白铁皮做成的盛奶大桶，在阳光下格外醒目。

罗小庆突然想起一件事儿，妈妈平日里给爸爸唠叨过，说有一个人的奶质量好，每一次打完后还能多添一点儿。罗小庆踌躇着，茫然地瞅着来来往往的打奶人。

哪一个是妈妈说的打奶人呢？

“大兄弟，打奶吗？”一个中年妇女笑眯眯地问他。

“啊，是的。”罗小庆急忙递去盛奶的小铝锅。

浓浓的、白色的鲜奶被缓缓地注满了希望和喜悦。他一直打量着那位中年妇女，她的眉梢、面孔、嘴角都透露出一种仁慈的光芒。他相信这位妇女就是妈妈说的打奶人。

打够了一斤奶，中年妇女把铝锅递了过来。他愣了一下，和打奶人对视了数秒钟。

啊，不是不是不是……妈妈说的打奶人，她没有多添一点的意思。罗小庆沮丧地付了钱，心里酸涩得难受。

小小的挫折影响了他的情绪，他闷闷不乐地走进厨房，没有理会妹妹小毛的询问。她不停地问这问那，兴高采烈。他始终想着那个妇女等他付钱的情景。

支好奶锅，点上火。他又开始惶惶不安。奶热到什么程度才算好呢？哎哎哎，真糟糕。他急得在厨房里团团转，恨不能摔碎几只盘子出出气儿。“吱——”悠扬的蝉声似乎被捂了很久，一下子爆发出来一样，尖锐地刺激着他的神经。

“出去出去出去，你站在这儿干什么，啊！”

罗小庆冲着妹妹怒吼，她喜笑颜开的模样简直是在幸灾乐祸嘛。

妹妹小毛做了个鬼脸儿，她离开了厨房，但又回过身来奶声奶气地说了一句：“哥，冒气泡泡就好啦，别溢出来哦。”

会冒泡泡，会冒泡泡，嗨，真笨。煮奶和烧开水的道理是一样的嘛，罗小庆拍拍自己的额头，心里有一种说不出的轻松感。

小毛四岁了，妈妈要给小家伙断奶，爸爸说再等一等吧。小毛对牛奶有种特别依恋的感情，每断一次，她便哭闹一次，就像别人抢走了她心爱的玩具似的。罗小庆想：“妈妈并不是真心想断小毛的奶，她是故意让我看哩，那是假惺惺的姿态。”

小毛一边喝奶，一边问："我妈呢？"罗小庆说他们上班去啦。小毛说："怎么还不回来呀。"罗小庆说："快啦。"

罗小庆躺在长条沙发上，浑身软绵绵的，没有一点力气。他抱住脑袋，恨不得钻进沙发里面。他的自豪、信心、满不在乎的劲头经历了一场小小的考验。啊，这仅仅是个开头呢。

"起来，起来，给我涮奶瓶去！"

一下，一下，妹妹小毛就那么推着他，固执地，像雨点一样……

三

罗小庆坐在一条小小的船上，小船在潮水上面摇啊荡啊，摇得他心花怒放。

潮水绿绿的，清清的。阳光点点，犹如耀眼的焊花。湛蓝的天空飘过朵朵白云。罗小庆划动着双桨，陶醉在垂柳的绿茵之中。他的小船沿着湖岸缓缓地滑动着。

突然，一阵狂风袭来，他的小船被狂风吹向湖的中心，团团转着，但驶不动半步。

啊，啊。他想喊，嗓子眼里像塞了一团棉花。啊啊啊，他吃力地扭动着身体。

“嘻嘻嘻。”妹妹小毛肉乎乎的小手拨弄着他的眼皮。他移开放在胸口上的双手，呼吸清爽多了。哦，一场梦，一场可怕的梦啊。

“哥，你看我像不像蚕宝宝?”妹妹小毛的两只小胳膊搁在他的肚子上。

“干吗干吗，真讨厌。”他恼怒地说。

“哥哥讨厌，讨厌讨厌，哥哥真讨厌。”小毛毫不示弱地反击，两片小嘴唇像小扇贝一样一张一合，急促地。

“人家饿了嘛，你还不给人家做饭。”小毛委屈地说。

罗小庆背对着小毛，他还在回味那场可怕的梦，听妹妹那么说，他才发现外面的阳光已经升得老高了。罗小庆慢腾腾地翻动一下身子，正好能看见墙上的挂钟。哦，十一点多了，真该死。

“嗨，蚕宝宝，你怎么哭啦?”

他故意逗小毛开心。小毛像一座小佛像似的，坐在那儿，满脸的不高兴。两只眼睛水汪汪的，随时都会掉下几颗泪珠。他想逗逗小毛，是啊，他这一觉睡得太长了。

“蚕宝宝不哭，不哭不哭，就是不哭。”小毛的脖子伸得老长，好像在和罗小庆吵架似的。“嗬，小家伙火气还不小。”罗小庆惊奇地想。

罗小庆想起厨房里储藏的食品几乎被吃光了，那是妈妈特意给他们预留的东西。今天，他得自己动手了。土豆、茄子、黄瓜、青菜，放在一个盛菜的筐子里，上面扎着塑料袋儿。他打算熬点稀饭，然后再炒点菜。

他开始切土豆，切茄子。这些滑不溜秋的东西在他手下滚来滑去，一点儿也不老实。似乎他挠着了它们的痒痒肉，它们一个劲儿躲他。罗小庆气得“呼哧呼哧”直喘粗气，它们在妈妈的手下表现得多么温顺呀，这不是欺负他吗。“噢，你们认为我是个孩子呀，哼，咱们来较量较量。”罗小庆心里想。

罗小庆气呼呼地把土豆举在空中，犹如摔活鱼一样，然后猛地摁在案板上。“咣当”一声沉闷的声响使得小庆感到快慰。“真好玩，真好玩儿。”妹妹拍着小手说。她以为哥哥在给她表演杂技呢。罗小庆真想把小家伙扔到墙角去。他的腋窝、额头、脖子、后背……啊呀，全都“咕嘟咕嘟”向外冒水。

“哥，稀饭溢啦。”妹妹小毛尖叫。

白色的泡沫不断向外溢着，不锈钢的锅盖发出“叮叮当当”的响声。罗小庆丢掉了手中的活儿，赶紧掀开了锅盖。他的脑子比锅里的稀饭还要沸腾。

“去去去，一边玩去。”罗小庆大声呵斥妹妹。

小毛的皮凉鞋在地板上跺了几下，神气活现地走了。漂亮的花裙子一抖一抖的，像是在讥讽罗小庆，我才懒得理你呢。

谢天谢地。罗小庆的嘴角松弛下来。

他在心里嘲笑自己，哈，这么一点小事都把他搞得手忙脚乱的，要是妈妈在场的话，她不笑掉大牙才怪呢。

妈妈在厨房忙活，从来不需要别人搭手。她说别人越帮越忙。妈妈是厨房里的王后，她那样漫不经心地干着活儿，似乎不费吹灰之力，但每一条都显得有条不紊。碗呀锅呀铲子呀，在妈妈的手中能变成优美的音乐声。

妹妹小毛被他赶走了，他心里有点懊悔，其实他是很需要一个帮手的，哪怕仅仅替他看看稀饭也好呀。

他挥动着铲子，铲子与锅的撞击声怪怪的，听起来很不舒服。“呜呜呜”，妹妹的哭声在罗小庆的背后响起，他赶忙扔掉铲子。啊，小东西不知何时又溜回了厨房。

“乖，乖乖，你怎么啦，快点告诉哥哥！”妹妹小毛痛苦万分的哭声使他心里有点发毛。他强压着由于焦急而直往外蹿的火气，柔声细语地询问妹妹：“快点告诉我，你怎么啦？”

妹妹小毛哭着，摊着两只肉乎乎的小手。奇怪，她不揉眼睛，难道是手受了伤？罗小庆看看妹妹的两只小手，咦，没有一点伤痕。

原来，小毛在帮哥哥剥葱剥蒜，她不小心把沾在手上的葱蒜汁儿揉进了眼睛里。

“别哭，别哭，来，洗洗眼睛。”他帮妹妹清洗着，心口“怦怦”跳得厉害。刚才那一幕差点没把他的魂儿吓飞了。

妹妹说：“怎么有一股怪味儿呀？”她一扭头，看见菜锅里烟雾腾腾。“哥，菜煳啦。”啊呀，罗小庆差点昏了过去，他恨恨地骂了自己一句。

四

罗小庆看见窗外的梧桐树上有一只蝉。它透明的翅翼和黑得发亮的身体在阳光下格外醒目。

“蝉。”他忍不住说了一句。

“在哪儿，在哪儿?”妹妹小毛的耳朵真尖。

“喏，看见了没有?”罗小庆用手指了指。

“我看不见呀。”小毛踮起脚尖，不高兴地咕哝。

“来来来，我抱着你。”

罗小庆抱住妹妹小毛，把她举得高高的，像抱住一条大鱼似的。小毛在他的怀里上下扭动，快活地大喊大叫。

“哎哎哎。”罗小庆心里暗暗叫苦。小家伙的劲儿真大，他被摇得后退了好几步。“嗖”，小毛的身子落了地，他发闷的胸口和涨得通红的脸蛋才松懈下来。

真是倒霉透了。他想给同学王强打电话，诉说一番心里的苦衷。在拿起电话的那一刻，他的耳朵里响起尖锐的蝉鸣之声。

“唉。”他心烦意乱地扣上了电话。

“哥，你是不是给妈妈打电话呀?”妹妹小毛仰起脸，童声童气地问他。罗小庆心里有点发慌，“没有没有，我想擦一擦电话。”

“先别动，我去拿抹布啊。”妹妹小毛“噔噔噔”跑开了。

谢天谢地。罗小庆心里有一种说不出的轻松感。刚才那一刻，他真怕妹妹小毛纠缠不休。“爸爸”和“妈妈”是非常敏感的词儿，他小心翼翼，避免使用。因为小毛已经哭闹了好几次，她要爸爸，要妈妈，哭得一把鼻涕一把泪，真好像一个被父母遗弃了的孩子。妹妹的哭声让他心里发毛，所有的办法都无济于事呀。他哄啊劝呀，最后束手无策了。

他突然吼了一声：“大声哭，使劲哭，你给我哭呀！”他坐在沙发上看着小毛，小毛大声号哭一阵，发现哥哥无动于衷。她抽抽搭搭，哭着，小手来回揉着眼睛，还不时偷偷瞥着罗小庆。

“哥，你哭啦？”小毛湿乎乎的小手搭在他的胳膊上，轻轻摇晃着。罗小庆骤然一惊，他说：“没有啊。”他眨巴眨巴眼睛，两颗好大的泪珠落在了地上。

照顾妹妹是一件非常麻烦的事，他常常得压制自己的怒气，因为生气发火甚至动手，都不是解决问题的办法。小家伙软硬不吃，相比较而言，软办法能比硬办法的效果好一些。他不断总结经验，前提是最大限度的克制和忍耐，他发现小家伙不高兴的时候，转移她的注意力颇为有效。

她好奇嘛，在他看来平淡无奇的任何一件事，都可以引起妹妹浓厚的兴趣。比如说，他要是突然说一声一条虫子、一只老鼠、一只蝉，小家伙会立马兴致勃勃地被吸引过去。

昨天中午，他遇到了一件很棘手的事儿，妹妹小毛死活不吃饭。他和颜悦色地哄小毛，吃饭可以长得高高的，能长得漂漂亮亮的，饭菜可香啦，等等，他认为他用尽了他能想到的一切办法，但小毛就是不吃。她晃动着两条腿，像是故意整他似的。

“小毛，吃完饭哥哥给你买口香糖。”妹妹小毛特别爱吃口香糖，他觉得这一招准能刺激她的食欲，没想到小家伙把头摇得像拨浪鼓一样。她一边摇头，一边拖着长腔说：“我——不——吃，不——吃。”

“你不吃饭坐在这儿干什么？”罗小庆有点克制不住自己了。

“我看着你吃呀。吃呗，你吃呀！”她蛮有理由的。

“真讨厌！”罗小庆皱着眉头说。

“你讨厌，你讨厌，哥哥真讨厌。”小毛使开了小性子，她嘟着小嘴，寸步不让。

罗小庆被小毛逗乐了，他笑了一声。

“笑，笑，你还笑！”小毛朝他翻了翻白眼珠。

“我饿啦，我要吃饭喽！”罗小庆故意说。

“因为我不饿，所以我不吃。”小毛说。

他对小毛的话语有点吃惊，小家伙对语言的适应能力挺强的。

罗小庆问：“你不饿，你吃东西了吗？”

小毛说：“吃啦。”

罗小庆不放心地问：“你吃什么东西了，你讲给我听听。”

小毛说：“一块巧克力、三块雪饼、一包虾条，还有一根火腿肠，可多啦。”

“哇，好厉害呀。”罗小庆说，小毛很开心。

嗨，罗小庆心里哭笑不得，他还为劝妹妹吃饭的事儿发愁呢，谁知道她已经捷足先登，早早喂饱了肚子。哎哎哎，他拍拍自己的额头，嘴里念叨着：“山重水复疑无路，柳暗花明又一村。”

“哥，哥，你再说一遍，好听极啦。”小毛来了兴致，她才不管罗小庆的肚子叫不叫呢。

五

罗小庆真的好想有一个妹妹，那是很久以前的事了。

有一次，爸爸和妈妈正在说话，他跑过去对妈妈说："妈妈，你给我再生一个小妹妹吧。"

妈妈惊奇地问他："要妹妹干什么呀？"

"陪我玩儿。"罗小庆天真地说。

爸爸和妈妈笑了，妈妈叹了口气，说："现在都是独生子女，做父母的轻松了不少，可是可怜了孩子，他们连个玩的伴儿都没有。"

妈妈说："好，妈妈明天就给你生一个'妹妹'。"

第二天，妈妈特意给他买了一个好大的布娃娃。布娃娃是个漂亮的女孩子。

妈妈说："给，你的'小妹妹'。"

"噢，我有妹妹啦。"罗小庆大喊大叫。

想起有趣的童年，罗小庆的眼里噙满了泪水。他怀念他故去的母亲啊。她是那么仁慈，那么善良，那么美丽。

眼下，他的后妈对他也不错，可他总觉得有点那个……做假。她对他好，肯定存了一份私心的，如果不是担心他欺负她的宝贝女儿，她能对他那么好吗？

妹妹小毛太刁蛮了，根本不是他想象中的妹妹。小丫头一点儿也不把他放在眼里。

罗小庆取出了从前的影集，他很快找到了那个熟悉的身影。呵，母亲。她那么笑着，灿烂地笑着，像阳光一样温暖着他的记忆。

他想哭，痛痛快快地哭一场。

咦，妹妹呢？屋子静悄悄的。罗小庆放下影集，开始寻找妹妹。他怕小家伙闯下什么祸事来，那麻烦可就大了。

“小毛，小毛。”他叫着，没有一点回音。

“哈，”小毛躲在爸爸的房间里，两根小指头里夹了一支烟，正在装模作样地抽着。

她吸一口，然后吐几声，“呸呸呸。”

“喂，你干什么呀？”罗小庆板着面孔说。“我抽烟哩。”妹妹小毛回头嘻嘻一笑。

“小心我揍你。”罗小庆威胁地说。

“你敢你敢你敢，我告诉妈妈去。妈把你吊得高高的，吊在吊灯上面，你再也下不来啦。我妈的力气有这么大。”

小毛画了一个圆，两只胳膊在空中挥舞着。

“来来来，哥让你看一样好东西！”罗小庆见妹妹不吃他那一套，抛出了他的诱惑招儿。

果然，小毛扔掉烟，从椅子上跳了下来。

“什么好东西，什么好东西呀？”她跟在罗小庆屁股后面不停地发问。

“啊，照片，这么多照片呀。”小毛说。她的小手在影集上面指指点点，不停地问这问那。

“哥，这个阿姨是谁呀？”小毛问。

“不是阿姨，是妈妈。”罗小庆帮妹妹纠正。

这本影集被罗小庆保存得很好，妹妹一直没有看过，所以她不认识罗小庆的母亲。

“是阿姨，不是妈妈。”小毛固执地说。

“是妈妈。”

“是阿姨。”

妹妹小毛和罗小庆打开了嘴仗。

罗小庆气恼地敲着桌子，脑子里“嗡嗡”作响。他不知道该如何给妹妹解释。她才四岁，哪能了解人世间的生老病死，悲欢离合呢。他想：“算了吧，长大以后她会明白的，我何必跟她斤斤计较呢。”想到这儿，他压着心头的不快，说：“假装她是我们的妈妈好吗？以后我们就叫她妈妈行吗？”

“好啊好啊。”妹妹小毛欣然同意。

小毛又问了一句：“哥，我们是一个妈妈对不对？”

罗小庆说：“对，咱们是一个妈妈。”

“真妈妈，假妈妈。”小毛念念有词。

罗小庆沉默了，他不想再和妹妹斗嘴。他站在窗前，看见了外面的阳光和阳光下面的梧桐树。梧桐树枝上面有蝉，三个、五个清晰地映入罗小庆的眼帘。它们都没叫，真奇怪，它们也有心事吗？

“哥，快看，爸爸、哥哥和阿姨的像。”妹妹在喊他。

“唔。”他漫不经心地答应一句。

“快来嘛。”小毛执着地呼唤他。

哎，美好的时光一去不返了，那一切犹如美妙的梦幻一样。他的母亲喊他“庆儿”，后妈喊他“小庆”，不一样不一样，她们之间毕竟是有区别的呀。

“打死你打死你，呸呸呸。”妹妹小毛突然发开了脾气。她撕扯着布娃娃，就是罗小庆母亲给他买的布娃娃。罗小庆像是被人狠狠地掐了一把，好痛。

“干什么，嗯?!”罗小庆抢过布娃娃，声嘶力竭地狂喊。小毛冷不防被吓得一哆嗦，她愣了数秒，放开嗓子大声哭了。

“你坏，你坏。”小毛拼命用脚踢他。

罗小庆扭过脸，望着窗外，紧紧地咬着嘴唇。那些泪水，怎么也阻挡不住呀……

六

下午六点多，妹妹小毛在电视机前看动画片。她的小嘴一咧一咧的，在笑。

“她能看懂那些有趣的情节呢!”罗小庆惊叹地想。这时，小毛又文静得出奇。

她想引开小毛的视线，他怕看电视时间太久会影响妹妹的视力，但他做的种种努力都是徒劳之举。

“小毛小毛，给你一个苹果；小毛小毛，咱们玩个别的游戏吧；哎哎哎，喝点菊花晶水吧。”罗小庆使出浑身解数，但妹妹小毛雷打不动，她根本顾不得理睬罗小庆。很久妹妹小毛才对着电视机说了一句：“等一会儿，啊。”

罗小庆暗暗发笑，小毛听见了他的话。

难得的一刻，他环顾着空落的房间，一时间不知道该干点什么好。他把小毛的玩具、书本、扔的其他东西收拾了一遍，脑袋木木的。

小毛占据了他的整个身心；他所有的烦恼、忙碌、痛苦、悲酸都与这个小小人有关。小毛真的不打扰他了，他反而滋生了一种失落感。

突然，电话铃急促地响了。

“庆儿，我是爸爸。”

“爸。”

罗小庆喊了一声，泪水便夺眶而出。他有许多许多话要向父亲倾诉，可是嗓子那儿却像堵了一块石头似的。

“庆儿，难为你啦。”

“我和妹妹挺好的，请爸爸和妈妈放心。”

“好好好，爸爸很快就回去啦。”

罗小庆和爸爸没有更多的语言交流，他们在短暂的沉默中感受着对方。

妈妈在抽泣。他听见话筒的那边有很低很低的抽泣声。

“我的孩子……”妈妈颤抖着说了那么一句。

“妈，我们挺好。妹妹正在看动画片。昨天我带她去吃冰淇淋了。我给她讲故事。妹妹可乖啦。”

“孩子，谢谢你。”

爸爸和妈妈都问了一些问题，嘱咐了一些事情，那都是老生常谈的话题。

很奇怪，罗小庆不似往日那般逆反。他渴望父母平静的唠叨给他倾注的那份关爱和充实。他挂上话机，看见窗外的梧桐树摇着一树的叶子，在喧哗。

“哥，刚才谁来电话啦?”鬼精鬼精的小毛追进来问。这会儿，她的精彩节目已经结束了。“啊，是李大刚打来的。”罗小庆向妹妹撒谎。“是那个给我口香糖的大哥吗?”“啊，是的。”小小人倒背着双手，神气活现地说：“我喜欢他。”

远远的，有一些饭菜的芳香味道从敞开的窗户里流泻进来。罗小庆问：“小毛，哥哥做的饭菜好吃不好吃?”小毛说：“好吃。”“妈在家呢，我就说她的菜香，妈妈不在家呢，我就说你的菜香，行不行?”她用商量的口吻征询罗小庆的意见。

“哈哈哈，两面三刀，两面派。”罗小庆乐不可支地说。

吃过晚饭，他领着妹妹在小河边的小林子里摸知了。

他们的家属区在远郊，那是一块没有来得及开发的土地，一切都保持了旧有的自然风貌。儿时，罗小庆在乡下摸过知了，他对摸知了技术了如指掌。

那儿的孩子很多，他们都是来摸知了的。妹妹小毛寸步不离地跟着罗小庆。梧桐树、泡桐树、白杨树，它们在夜色的掩映下渐渐模糊了。此时，那些沉睡在泥土里的蝉蛹苏醒了，它们迫不及待地从洞里爬出来，慢慢向一棵树爬去。小毛不时尖叫着，“哥，这儿有一个。”他告诉了小毛确认蝉蛹的方法。

小毛尖叫着，但她从不敢用手摸光滑的蝉蛹。它们浑身沾满了风干的泥巴，很慢很慢地在树干上蠕动，小毛的胆怯使罗小庆放下心来，天黑风轻，有的虫子喜欢在这个时候出来散步，寻找食物，万一妹妹不小心被虫子咬一口，他这个当哥哥的罪过可就大了。“别动别动，小心它们咬住你的手。”罗小庆提醒妹妹，飞快地跑过来捉住蝉蛹。

蝉蛹在没有蜕变之前，金黄色的外壳将它的身体包得严严实实的。它的四条腿儿上有许多尖利的小刺，这些小刺能够稳稳当当地咬住树干。“小毛，夜猫子快出来了，咱们赶快回家。”小毛温顺地点点头。黑沉沉的夜色吓跑了她淘气的个性，她紧紧抓住哥哥的手，快步向家走去。他们摸了一碗蝉蛹。

罗小庆把蝉蛹扣在脸盆下面，乐滋滋地说："小毛，明天早上哥哥给你做一顿特别的早餐。"小毛的眼睛放射着快活的光芒，她拍着小手说："哥哥真好。""马屁精。"罗小庆高兴地说了一句。

小小人一夜都没睡安稳，嘴里吧唧个不停。她在梦里还惦记着特别早餐的事儿。

七

特别早餐是一顿香喷喷的油炸知了，嫩嫩的知了肉味道鲜美，小毛的小手和嘴唇上沾满了油渍。

"好吃好吃，好吃死啦。"小毛大声嚷嚷。

小毛是个小小人，小小人知道小孩与大人是不一样的，她应当享受更多的照顾和体贴。

"你是大人，我是小孩，你要让着我。"

"你别把我搞丢了，丢了你就没有妹妹啦。"

小小人郑重其事地对罗小庆说。罗小庆哭笑不得，小小人把他搞得理屈词穷。他想责备小毛，想发火，想生气的时候，小毛天真无邪地来上那么一句，他立刻就变成了霜打的茄子。

可口的早餐激发了小毛的兴致，她对一切都充满了好奇和热情。“哥，我们来玩游戏吧。”罗小庆看见妹妹容光焕发，小胳膊小腿都掩饰不住的活跃和渴望，就笑着问她玩什么。“骑马马，骑马马。”她刚学会一支好听的儿歌，罗小庆记得有那么一句：“我骑上小木马，走天涯。”小毛要走天涯。

罗小庆趴在床上，小毛怕他飞走似的紧紧揪着他。“走呀，走呀。”罗小庆故意晃动着身子，小毛在他的背上大喊大叫。她兴奋，又有点害怕。罗小庆在席梦思床上转圈圈，回旋的余地太小了。他慢慢腾腾挪动时，小毛吆喝他走快点；他跑得快时，小毛又嚷嚷害怕。这个小小人真难伺候。他正面对着窗户，阳光咄咄逼人的光芒使他眼花缭乱。这一段时间他睡眠不足，休息不好，身心疲惫，突然，他的眼前一阵晕眩。

“吱——”刀子一样的蝉鸣在他的耳膜内撞击着，该死的蝉声，差点击倒他。哦，他痛苦地呻吟着。

“走呀，走呀。”小毛吆喝着。

小毛的两只小脚猛地击中了罗小庆的两侧软肋，“哎呀。”罗小庆痛得尖叫。他翻身坐了起来。“咚”，小毛的脑袋结结实实地撞在床上。小毛被吓傻了，她摸着脑袋，可怜兮兮地望着罗小庆。

罗小庆的表情狰狞可怕，他咬牙切齿地盯着妹妹小毛。小毛知道自己闯了祸，她不敢哭，不敢说话，小脸蛋憋得通红。

“你踢我干什么。你这个小混蛋。你以为我不敢揍你是不是?”罗小庆越骂越来气儿，他怒火中烧地斥责小毛。小毛不可爱的一面，还有妈妈的偏心眼，许多和小毛有关的、不愉快的回忆纷至沓来。“今天可没有人给你撑腰，我想怎么收拾就怎么收拾你。”他的委屈，他的不满，统统发泄在小小人的身上。啊，我非得教训教训她不可。罗小庆的软肋那儿源源不断传来痛的感觉。啊，罗小庆快疯了。

“哥，哥。”妹妹小毛怯生生地喊他。

“哥，我不哭，不哭，啊。”妹妹向他表白，又像在讨好他。

罗小庆泄气了，只剩下干瞪眼的份儿。

小毛热乎乎的身体移了过来，她和罗小庆坐了个对面。“哥，我不哭，我长大了。”小毛笑得有点变形，刚才那一下肯定弄疼了小毛。

罗小庆歉疚地搂住了妹妹。“喂，小小人，刚才摔痛了吧?”小毛在笑，无声，她承认了哥哥的话，还有点不好意思。罗小庆从前不大注意小小人，认为她年幼无知，可是通过近来一段时间的观察和感受，他发现小小人有时表现得活脱脱就像是个大人。她有思想，有感情，有心理活动，她就是一个自得其乐的王国。

“哥，我妈呢?我爸呢?”

“他们很快就回来啦。”

“怎么还不回来呀。哥，妈妈不要我们了吧?”

“不会的。他们很爱小毛的。小毛要多吃饭，好好睡觉，他们就更喜欢小毛啦。”“嗬——呼——噌。”罗小庆把唇翘得高高的，故意在这儿闻闻，那儿嗅嗅。果然，小毛的注意力被转移了过来。“哥，哥，你在干吗?”罗小庆粗声粗气地说：“我是胖小猪，我闻到了一股奇怪的味儿。啊呀呀，那是啥味儿呢，让我好好想想。噢，对了，是河边薄荷草的香味，还有很多花朵的香味。”

罗小庆怕妹妹小毛想爸爸和妈妈，想起来没完没了，所以他总是在危险时刻巧妙地利用小毛的好奇心来引开她的注意力。他拉着妹妹的手说："我们到河边去采花，再玩小猫钓鱼的游戏。'喵呜喵呜'，走喽，钓鱼啦。"小毛拉开门，像小鸟一样快活地飞了出去。小草帽、吃的、喝的，小毛的用品塞了满满一书包。罗小庆搭在肩上，那个书包有点儿分量，啊，全是小毛的家当呀，差不多可以开个小商店了。

八

罗小庆梦见自己正在游泳，不知怎么搞的，一大团水草向他飘来，然后紧紧缠住了他。他挣扎，呐喊，哭，后来就醒了。

妹妹小毛笑嘻嘻地望着他，手里拿着一根孔雀羽毛，在他的脸上拂来拂去。哦，他是被妹妹弄醒的。

"嗨，毛毛，你要懂礼貌，哥哥在睡觉，你不该捣乱。"罗小庆和颜悦色地说。

"什么，礼帽，你要礼帽。给！"小毛取出自己的小花帽，扣在哥哥的脸上。她摆出很大方的姿态。

"我说的是礼貌，不是礼帽。"罗小庆解释。

"就是礼帽嘛。外面太阳红红的，可热啦，人人都要戴礼帽的。”小毛说。

“好好好，你说得对。”罗小庆认输了，和妹妹争吵下去没有好结果，他叹口气，磨磨蹭蹭穿上了衣服。

他想起了自己的母亲。是啊，如果妈妈在世，就不会有妹妹小毛啦，他是妈妈唯一的孩子，没有人和他争夺母爱，每当天亮后，妈妈会笑眯眯地摇醒他，说：“宝贝，快起床。”

哎，现在他是个大孩子了。现在的母亲，他认为不是他的亲生母亲，自然不会那么呵护他了，他认为他已经是个小小男子汉啦，自己的问题自己解决。

他记得他给爸爸诉过苦，爸爸和妈妈也争吵过。但是后来，爸爸妥协了，妈妈声色俱厉地批评他时，爸爸总是站在一旁不吱声。他的求援无济于事，爸爸回避他的目光。

“哥，我有一个好主意，”小毛伏在他的耳边，小声嘀咕着。“哥，我们去书店玩玩吧。”

罗小庆说：“只要你听话，干什么都可以；不听话，哥哥就不带你出去玩儿。”

小毛说：“好吧，我听话。”

他们收拾停当，准备外出。突然，小毛想起了什么似的，又爬上了床。她掀开自己的枕头，取出了自己的十元大钞。

“哥，我们把钱带上吧，买车票啊。”

他们乘坐的是213路公共汽车，这趟车人总是很多。奇怪的是，今天人特别少。车上稀稀拉拉坐了几个人，售票员和一个熟人聊得热火朝天，根本顾不上卖票。

又过了两站，“呼啦啦”，一下子涌上了好多好多人。售票员这才懒洋洋地站起身来，“卖票，卖票……”她吆喝着。

车厢内站满了人，人和人挤得水泄不通。罗小庆缩着身子，躲过了售票员的视线，这趟车比较乱，他以前有过逃票的经历，逃票是件轻而易举的事。

小毛仰着脸，透过人群的空隙，执着地盯着售票员看，罗小庆说：“看窗外，看窗外。”小毛侧过脑袋，朝窗外看了几眼，不解地问：“看什么呀？”

罗小庆小声说：“你看，人、树、车，多有趣呀！”

小毛说：“不好玩不好玩。”

她又开始瞅矮小的售票员，售票员抱着票夹子，大约觉得上车的人都买了票，正打算回到自己的座位，突然，小毛尖叫了一声。

“票，我买票!”

她的声音又尖又亮，好多人转过脑袋，瞅这一对兄妹。

罗小庆心里叫苦不迭，啊呀，逃不成票了。

售票员笑嘻嘻地问：“小朋友，你买几张票呀?”

小毛竖起两根小指头，两张。

售票员问：“你和谁呀?”

“我，还有我哥。”小毛兴奋地说。

小毛递上十元大钞，售票员撕了一张票，找了一把零钱，交给了罗小庆。

“我的票呢，我的票。”小毛嚷嚷着说。

售票员亲昵地抚摸了一下小毛的脸蛋，说：“小朋友，你不用买票。”

罗小庆的脸红了，幸亏没有人注意他。

“哥，我不用买票，对吗?”小毛问。

“是的，你长大了，就得买票。”罗小庆说。

“噢，我快快长，长大了，我也买票。”小毛天真无邪地说。

汽车像一条长虫，慢慢悠悠地向前行驶。罗小庆怕突然刹车而惊吓了小妹妹，所以他把妹妹的身子轻轻地揽住了。

车在行驶，罗小庆的心在飘飞。

是啊，他想逃票，多么可耻的一个想法呀。他觉得妹妹小毛是个懂事的孩子，在这一点上，他觉得自己不配当小毛的哥哥。

“哥，给我买一本最最好看的小人书。”妹妹小毛说。

“哎。”罗小庆说，“一定，一定！”

九

罗小庆没法不生气。

小毛把她的小玩意儿摊了一床，摊了一地，好像办什么展览会似的。

这本是一个清净之家、干净之家，但自从有了妹妹小毛后，整个情况全改样儿了。

小毛很满意，这些都是她的个人财产呀。她的小人书、小玩具、水彩笔，她一一把它们铺开。她哼着儿歌，一会儿弄弄这，一会儿弄弄那，忙得呀不亦乐乎。

罗小庆训斥过妹妹好几次。妹妹哭成了泪人儿，她觉得挺委屈，她不知道自己犯了什么错。罗小庆看见妹妹伤心的样子，心想："妹妹真可怜。要是妈妈在家，她会向妈妈告状的。可是，妈妈不在家，她只好哭了。"

罗小庆见硬的不行，只好来软的。他说："毛毛，你看家里多乱呀，哥哥帮你收拾一下吧。"他弯下腰，想把那些东西整一整。

妹妹小毛马上就跑过来了。她噘着嘴，生气地说："别动我的东西。别动，别动。"小毛推搡着罗小庆。

罗小庆本想再训斥妹妹一通，但他有了几次教训，所以他无奈地说："好，好，不动，哥不动你的东西。"

罗小庆坐在沙发上，生闷气。他想不出更好的办法呀。

小毛不理睬罗小庆，继续摆弄她的东西。她不断调整东西的位置。摆这儿，不合适；摆那儿，不合适。就是一本小人书，她也要调上十次八次的。

罗小庆看见屋里乱七八糟的样子，就心烦意乱的。他干什么都没有情绪。

"过来，毛毛，哥哥有个小秘密。"罗小庆说。

"什么，什么小秘密，快点告诉我！"小毛快活地跑过来，向他撒娇。

"啊，我想想。"他不过是随口说了那么一句，没想到一下子吸引了小毛的注意力。

罗小庆转动眼珠，想了半天，才说："一会儿有人到我们家来。"

"是谁呀？我认识吗？"小毛问。

罗小庆看见了那本《狼外婆的故事》的小人书，他心里有了主意。

罗小庆说："是狼外婆。"

小毛快活地拍着小手说："我认识，我认识。我在小人书里看过。"

小毛问："狼外婆什么时候来呀！"罗小庆说："你要是把你的东西收拾了，狼外婆就来啦；你不收拾的话，狼外婆就不来啦。"

小毛突然抓住了罗小庆的手，"哥，你起来，快点起来。"

罗小庆问："干吗？"

小毛说："帮我收拾东西呀！"

罗小庆说："好，我们一块干。"他心里暗暗发笑，嘿，这一招还真灵。

他想："对付妹妹，得动脑子才行。"看来，过去他的方法是简单了一点。

他弯下腰，帮助妹妹收拾她的那些宝贝。不一会儿，屋子收拾得干干净净的。

小毛问："哥，狼外婆怎么还不来呀？"

罗小庆说："可能在路上吧。"

"那，我去开门。"小毛说。

小毛冲出卧室，站在门的把手前，踮起脚尖开门。可是她的个子太矮，手够不着门的把手。

罗小庆正在沙发上坐着偷乐，突然，他听见一声沉闷的"咕咚"。他的身子一机灵，啊呀，坏喽。

他飞快地跑出屋外，见妹妹小毛正躺在地上。"小毛，小毛，摔伤了没有。"他扶起妹妹，紧张地问。

小毛可能被吓傻了，两眼定定地瞅着哥哥，过了几秒钟，这才放声大哭起来。

"不哭，不哭，小毛是个勇敢的孩子。"罗小庆抱起妹妹，安抚着。

他把妹妹小毛抱回床上，然后搂着妹妹，哄开了小毛。

小毛的脑袋拱进罗小庆的怀里，号啕大哭一会儿，然后抽抽搭搭地小声哭。

哭着哭着，一切声音都没有了。罗小庆一看，妹妹睡着了。他给妹妹盖上毛巾被，轻轻地抽出胳膊。

哎呀呀。妹妹就像含羞草的叶子一样娇嫩，轻轻一碰，都会遭到伤害。以后，可得当心点儿。他胡思乱想，并暗暗提醒自己。

不知过了多久，妹妹小毛醒了。

“哥，哥，我做了一个梦。”小毛说。

“梦见什么啦?”

“狼外婆。”

说完，她扭过身子，又睡着了。罗小庆想：“多么可爱的妹妹呀!”

十

昨天晚上，爸爸给罗小庆打来一个电话。

罗小庆一听爸爸的声音，忍不住哭了。

小毛说：“不哭，不哭，哥哥是个好孩子。”

爸爸说，他和妈妈很好，都找到了工作。过几天，他们回来接小庆和小毛。

爸爸说：“让小毛接电话，妈妈要和小毛讲话。”

小毛拿过话筒，细声细气地说："妈妈，你是不是不要我们啦？"

妈妈说："宝贝，你是不是很淘气呀，惹没惹哥哥生气？"

小毛说："没有，哥哥可喜欢我啦。"

"是不是，哥？"

小毛望着罗小庆，得意地笑着。

阳光暖暖地照进房间，又是一个明媚的好天气。

罗小庆躺在沙发上，摊开了四肢，他好想长长地睡上一觉。

"吱！"

窗外蝉声悠扬，听起来像美妙的音乐一样，不再那么刺耳了。

爸爸和妈妈不在家的日子，罗小庆学会了很多东西。他能做饭做菜，能照顾妹妹，还有很多……心灵与情感上的收获，也许爸爸和妈妈根本看不见，但他们一定感受得到。

他和妹妹以前心存芥蒂，现在，他觉得妹妹就是他的亲妹妹。而且，她是那么可爱，美丽。

罗小庆笑着问妹妹："毛毛，爸爸和妈妈回来后，你对妈妈和爸爸讲什么呢？妈妈要是问你，哎呀，我的宝贝，这段日子，你学会了什么，你怎么说？"

小毛眨着眼睛，一副沉思的样子。小毛问："哥，你学会了什么？"

罗小庆说："嘿，我学会的多了。我会做菜，做饭呀。我准备给他们做一桌丰盛的饭菜哩。"

小毛取出口袋里的小手帕说："我会洗手帕。这是我洗的。"她认真地说。

真有意思。妹妹小毛的手帕，也算是小毛洗的。她从不要哥哥帮忙，但是，小庆又不能不帮忙。每次妹妹洗完后，小庆又偷偷再洗一遍。因为她那根本不算洗。

"好，还有吗？"罗小庆问。

妹妹小毛转身从桌子底下拖出那个纸壳子，纸壳子里放的全是她的东西。她取出几张纸，在空中扬了扬，说："我还会画画儿。"

罗小庆突然来了兴致，他拿过妹妹手中的画。呀，什么画儿，全是用水彩笔涂的色块儿。乱七八糟，什么形状都有。

罗小庆指着色块问："这是什么?"

小毛说："超能量飞机。"

"这个呢?"罗小庆又问。

"哥，你真笨，连小胖熊都不认识。"小毛不满地说。

"哈，漂亮。那么，这个呢?"罗小庆问。

小毛摇摇头说："我不认得。"

"是大风筝嘛。"罗小庆说。

"哇，大风筝，可大可大的风筝。"小毛说。

画上有两个小人儿，画得倒挺清楚。罗小庆说："他们是谁?"

小毛说："一个是爸爸，一个是妈妈，他们来接我们的呀。"

罗小庆眼睛酸酸的，他使劲咬住嘴唇，憋住了想哭的欲望。

他拉开了宽大的窗帘，完完全全地拉开了。平常，他只开那么窄窄的一溜儿。

"呀!"小毛捂住了眼睛。

屋子里好亮好亮。

罗小庆推开窗户，一股甜丝丝的空气流进房间，不知是什么花草的香气。

小毛快乐地说："真好闻呀。"小毛做个鬼脸，抽动了几下鼻子。

罗小庆说："毛毛，帮助哥哥干点活儿，行吗？"

小毛高兴地说："干什么？"

"咱们来拖拖地板！"

"我最爱拖地了。"小毛强调。

他们两个一人拿一个拖把，在房间里拖开了。小毛干得很卖力，可她根本就不会拖地，她拉着拖把在屋子里转开了圈儿。

"小呀么小二郎，背着书包上学堂，不怕太阳晒，也不怕风雨狂……"

那是罗小庆教妹妹的歌儿。小毛骑在拖把上，摇摇晃晃地说："哥，我上学喽！我开着火车去！快点，上车，火车快开啦。"

罗小庆故意骑在妹妹的后面，说："坐稳喽。"他们高兴地在屋子里做开了游戏。

"吱！"蝉声阵阵，它们像在给这一对兄妹呐喊助威。好美的一个夏天呀！